COM AMOR, ANÔNIMA

WENDY MORA
COM AMOR, ANÔNIMA

ELE ENVIOU UMA MENSAGEM ERRADA;
ELA VAI DESCOBRIR QUE O AMOR
CHEGA QUANDO MENOS SE ESPERA

TRADUÇÃO
Sandra Martha Dolinsky

Copyright © Netflix, 2022. Utilizado com autorização.
Copyright © Editora Planeta do Brasil, 2022
Copyright de tradução © Sandra Martha Dolinsky
Todos os direitos reservados.
Título original: *Anónima*

PREPARAÇÃO: Fernanda França
REVISÃO: Algo Novo Editorial e Mariana Rimoli
COORDENAÇÃO EDITORIAL: Algo Novo Editorial
DIAGRAMAÇÃO: Nine Editorial
CAPA: © Netflix, 2021. Usada com autorização.
ADAPTAÇÃO DE CAPA: Departamento de criação da Editora Planeta do Brasil

CIP-BRASIL. CATALOGAÇÃO NA PUBLICAÇÃO
ANGÉLICA ILACQUA CRB-8/7057

Mora, Wendy
  Com amor, Anônima / Wendy Mora; tradução de Sandra Martha Dolinsky. – 1ª ed. – São Paulo: Planeta, 2022.
  160 p.: il.

ISBN 978-65-5535-574-1
Título original: Anónima

1. Literatura infantojuvenil mexicana I. Título II. Dolinsky, Sandra Martha

21-5543   CDD 028.5

Índice para catálogo sistemático:
1. Literatura infantojuvenil mexicana

Ao escolher este livro, você está apoiando o manejo responsável das florestas do mundo.

Acreditamos nos livros Este livro foi composto em Le Monde Courrier Std e impresso pela Geográfica para a Editora Planeta do Brasil em fevereiro de 2022.

2022
Todos os direitos desta edição reservados à
Editora Planeta do Brasil Ltda.
Rua Bela Cintra 986, 4º andar – Consolação
São Paulo – SP – 01415-002
www.planetadelivros.com.br
faleconosco@editoraplaneta.com.br

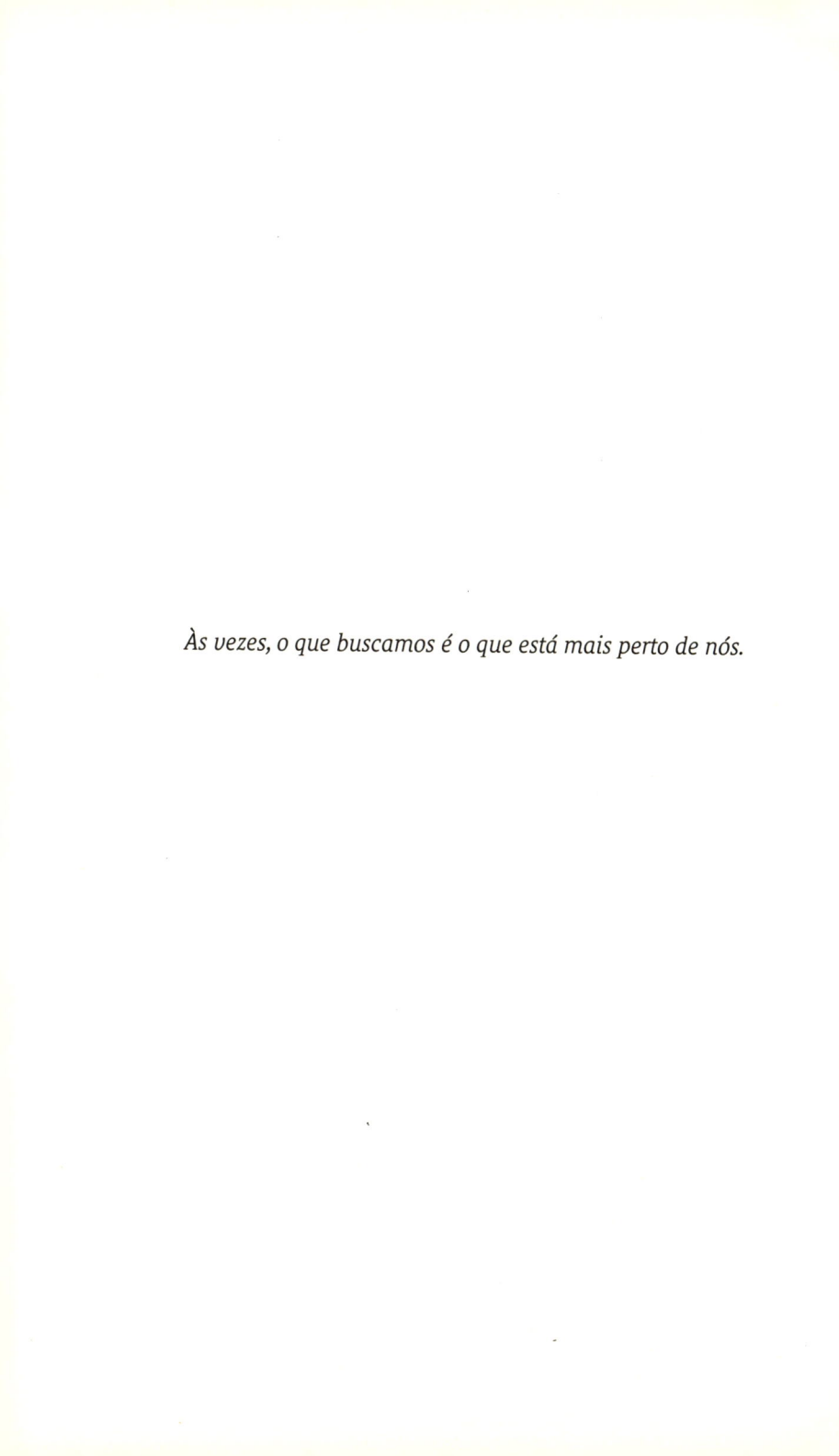

Às vezes, o que buscamos é o que está mais perto de nós.

CAPÍTULO 1

Ela

Não sei nem que horas eram quando aconteceu. Estava tão desorientada quando escutei o alerta que pensei que era o alarme do despertador. Às cegas, procurei meu celular na mesa de cabeceira, tentando ao mesmo tempo encontrar o botão de soneca para ganhar pelo menos mais cinco minutos de sono. Mas, em vez disso, encontrei a mensagem. O brilho da tela me cegou por alguns segundos. Só quando consegui focar foi que pude ler.

DESCONHECIDO: Olá! Foi um prazer conhecê-la. Ligo durante a semana para marcarmos alguma coisa. 👣   **2:00**

Quando vi a hora, tive vontade de entrar pela tela e dar um pontapé naquele maldito folgado que ficava mandando mensagens às duas da manhã. Coloquei o celular de novo no lugar e me cobri com o lençol para tentar dormir mais alguns segundos. A mancha de luz impressa em minhas pupilas estava começando a se apagar quando a bagaça tocou de novo.

DESCONHECIDO: Podemos ir ao cinema ou jantar, o que você quiser. **2:01**

Rosnei. Normalmente já é uma luta para eu dormir. Fico me virando na cama durante quarenta minutos antes de sentir minhas pálpebras pesarem.
E não parou por aí.

DESCONHECIDO: 🎥 **2:02**

Já chega!

Seu cabeça de ovo! São duas horas da manhã, você mandou mensagem para o número errado. Pare de encher o saco. **2:02**

DESCONHECIDO: Haha, muito engraçada.
Sou eu, acabamos de nos ver no Gray.
Você me deu seu número, lembra? **2:02**

— Que ódio! — gritei.
Tive que me despedir do sono de uma vez por todas. Sentei-me na cama e peguei o aparelhinho, agora sim com as duas mãos.

> Droga faz mal, sabia? Você não deve ter mais neurônios para não perceber que lhe deram um número falso. Pare de encher e vá dormir, parece que está precisando. **2:03**

Demorei pelo menos uma hora para dormir de novo.

Tenho dificuldade para levantar de manhã. Para mim é a tortura mais cruel. Dessa vez, por questões óbvias, foi ainda pior. Sempre me resta a esperança de me recuperar durante a primeira aula, de Espanhol. O professor Novelo é tão distraído que dá pra dormir os cinquenta minutos inteiros sem que ele perceba. Mas, dessa vez, meu cochilo se viu frustrado pelo mesmo idiota da noite anterior.

Que timing!

> **DESCONHECIDO:** Não uso drogas, idiota! **8:15**

Estava no modo vibrar. Mesmo assim, o aparelho não me deixava em paz. Normalmente não sou uma pessoa agressiva, mas aquelas mensagens estavam provocando o pior em mim.

> **DESCONHECIDO:** Vá se ferrar! **8:15**

Eu não estava a fim de lhe dar trela, por isso tentei cortar o mal pela raiz.

> Sou mulher, seu cabeça de ovo! Veja como fala comigo. 😠 E não estou nem aí se usa drogas ou não. Pare de me atormentar. **8:16**

DESCONHECIDO: Sério? Cabeça de ovo? Vou ficar traumatizado com esse insulto. 😂 **8:16**

> Vá pro inferno! Demorou para apagar meu número. **8:17**

Pensando agora, não sei por que não me passou pela cabeça bloquear o número e apagar a conversa. Talvez porque naquele momento ele parou de escrever. Teria sido melhor bloqueá-lo, pois me fez passar a maior vergonha.

> Irene! Venha me trazer um absorvente. Fui pega desprevenida e não sei o que fazer. Estou no banheiro no fim do corredor. Depressa! **11:00**

Percebi que enviei a mensagem para o número errado meio segundo depois de ter mandado. Não interessa que seja um desconhecido, expor-se desse jeito nos faz desejar não ter nascido.

DESCONHECIDO: Por favor, diga que não está falando do que estou imaginando, mulher. Informação demais! **11:05**

> CALA A BOCA, idiota! Já mandei apagar meu número. 😠 **11:05**

DESCONHECIDO: Eu já havia apagado. Agora quem me escreveu foi você, para me contar sua tragédia. 😅 Gostaria de ajudar, mas não posso, estou em aula. Boa sorte. **11:06**

Se o sujeito estivesse à minha frente, eu teria dado com o celular no nariz dele. À falta disso, limitei-me a apagar o número dele de uma vez por todas.

Passou quase o dia inteiro e eu achei que, por fim, havia me livrado dele. Mas o encanto durou só até as seis da tarde em ponto.

DESCONHECIDO: E aí, como vai? **18:00**

Não acredito! O que você quer? **18:00**

DESCONHECIDO: Saber como foi. **18:00**

Do que está falando? **18:00**

DESCONHECIDO: Do que mais? De seu acidente... você não estava se esvaindo em sangue? **18:00**

Aposto que você é comediante. **18:01**

DESCONHECIDO: Hahaha. Para mim, é engraçado. **18:01**

Não combinamos que você ia desaparecer? **18:01**

DESCONHECIDO: Você não tem tanta sorte assim. **18:01**

CHAMADA PERDIDA às 21:58

O que é isso? Está louco se acha que vou atender **22:00**

DESCONHECIDO: É por causa da hora? Não me diga que já estava dormindo! **22:00**

Nem uma coisa nem outra. Simplesmente não quero falar com você. **22:01**

DESCONHECIDO: Por que não? **22:01**

Porque não te conheço nem me interessa conhecer. Só quero que me deixe em paz. **22:02**

DESCONHECIDO: Aposto que tem medo de se apaixonar ao escutar minha voz. Não te culpo, você não seria a primeira. **22:02**

Certeza! Igual à garota que lhe deu um número falso na balada, né? Devo agradecer a ela por essa desgraça. **22:02**

DESCONHECIDO: Devagar aí, assim você vai ferir meus sentimentos. **22:03**

É impossível, já tentei de vários jeitos. **22:03**

DESCONHECIDO: 😄 Estou começando a achar que talvez você não seja tão antipática como pensei.   **22:04**

Do que está falando? Não sou antipática.   **22:04**

DESCONHECIDO: Os feios não se veem feios quando se olham no espelho.   **22:06**

Feia é sua avó, imbecil. Apague meu número. E não me escreva mais!   **22:06**

DESCONHECIDO: Com esse seu gênio, até parece que eu ia querer escrever de novo. 🙇   **22:07**

Vá pro inferno!   **22:07**

DESCONHECIDO: Tchau, bonita.   **22:07**

Bonita?

Como alguém fala isso para uma pessoa que não conhece? Como ele sabe que eu não tenho um bigode gigante? Não sei se achei o comentário engraçado ou o quê, mas ficou claro que eu já havia perdido tempo suficiente com aquele tosco. Ia bloqueá-lo, mas assim que abri o menu do WhatsApp, ouvi a maçaneta de meu quarto girar. Imediatamente escondi o celular embaixo do travesseiro, enfiei a cabeça sob os lençóis e fingi estar dormindo. A última coisa que eu queria naquele momento era um sermão de meu pai sobre minha hora de dormir. Por isso prendi a respiração, para não deixar nenhuma dúvida de que eu estava no sétimo sono. No fim, não sei quanto tempo ele ficou ali, pois acabei adormecendo de verdade.

CAPÍTULO 2

Ele

Mulheres... Quando o cara acha que causou uma boa impressão, surpresa! Elas lhe dão um número falso. E não me deram qualquer número, e sim o do próprio demônio. Falando naquele demônio, não posso negar que sinto muita curiosidade de saber quem está por trás daquelas mensagens. Não é todo dia que encontramos uma garota com um gênio tão forte. Deve ser uma dessas meninas bonitas e arrogantes que acham que todo mundo está aos seus pés. O ruim é que não dá para ver a foto de perfil para saber, a menos que ela me adicione a seus contatos.

— De novo? — disse minha mãe ao escutar a campainha.

Quando abriu a porta, encontrou Daniel ali parado.

— Amanhã é dia de aula, filho. Você não deveria se cansar tanto.

— Não se preocupe, mã. Vou sair só duas horinhas.

— Prometo que vou cuidar bem dele, senhora — acrescentou Daniel.

Minha mãe é uma grande mulher. Precisa ser, para me suportar e me criar sozinha. Mas não posso reclamar, nossa relação é bem tranquila. Ela nunca exige nada de mim, e batalho mais para calçar os sapatos do que para convencê-la de alguma coisa. É um doce.

— Tudo bem, mas quero você de volta cedo.

— Pode deixar, mãe.

Dei-lhe um beijo na testa. Daniel, espertinho, fez o mesmo.

Conheço Daniel desde que éramos pequenos. Esteve a meu lado nas horas boas e nas más, na calmaria e na tempestade. E como houve tempestades! Como aquela vez em que brigamos com os cinco do time adversário enquanto jogávamos futebol. Ele se pegou com três e eu com dois. Poderia ter sido o contrário e o resultado não teria sido diferente. Se bem me lembro, dois deles foram parar no hospital; os dois meus. Dizem que contamos os amigos com os dedos de uma mão. Neste caso, Daniel vale pelos cinco.

Devo meu caráter explosivo cem por cento a meu pai. Ele era igual ou talvez pior. Tudo começou quando eu tinha doze anos, em uma vez que estava andando com ele pelo centro da cidade. Passamos por uma construção, bem ao lado da delegacia. Sem nenhum motivo, meu pai foi até um dos pedreiros da obra e negociou algo com ele. Nunca me esquecerei do que aconteceu depois: uns dez pedreiros formaram um círculo em volta de mim e começaram a debochar entre si. De repente, um deles, o mais baixo, mas mesmo assim duas cabeças mais alto que eu, entrou naquela arena humana e me deu um soco. Olhei para meu pai tentando entender o que estava acontecendo.

— O que você vai fazer a respeito? — perguntou ele.

Sim; mesmo sendo tão novo, entendi que meu pai havia contratado aquele pedreiro "para me fazer amadurecer".

Não preciso dizer que aquele desconhecido me deu uma baita surra; não consegui nem encostar as mãos nele. Na semana seguinte, voltamos ao mesmo local da construção e o mesmo pedreiro me deu outra surra. A dinâmica se repetiu durante várias semanas, até que, um dia, os papéis se inverteram e fui eu quem bateu no pobre homem.

Papai foi embora de casa uma semana antes de meu aniversário de catorze anos. Eu nunca soube por quê. O que sei é que, embora financeiramente as coisas não tenham sido fáceis, mamãe e eu vivemos em paz desde aquele dia.

Daniel e eu chegamos ao Grayskull, nosso lugar favorito. Considerado pelos playboys como um buraco de quinta categoria, para mim é a versão de tudo que me contaram desde pequeno sobre o Céu. Por acaso há algo melhor que bandas ao vivo tocando covers dos anos 1980?

Mas nem as melhores músicas parecem boas quando você está com uma garota na cabeça. Que louco, nem a conheço e já estou pensando nela. Não sei, talvez tenha sido seu jeito atrevido que me atraiu. Uma garota que não fica fazendo rodeios e é suficientemente segura de si a ponto de mandá-lo à merda com extrema facilidade não é tão fácil de encontrar.

Está acordada?   23:11

ARROGANTE: 😠   23:12

😎   23:12

ARROGANTE: Você é como um mosquito no calor, tem sempre um rondando a gente. **23:12**

Quanto mais difícil é a conquista, mais vontade temos de ir atrás. Os homens são assim. A coisa seria muito mais simples se no primeiro fora o encanto acabasse automaticamente. Às vezes, a emoção da conquista não tem nada de emocionante.

Por que está sempre de mau humor? **23:12**

Ela demorou para responder, apesar de os risquinhos azuis terem se ativado no instante em que mandei a mensagem. Isso quer dizer que a fiz pensar. Ou talvez não queira dizer nada e ela só demorou porque estava lendo um livro ou vendo TV. Esse negócio de conversar por meio de um teclado às vezes é muito complicado e deixa muito espaço para a imaginação.

ARROGANTE: Não estou de mau humor. **23:15**

Ainda bem. Imagine se estivesse... **23:15**

ARROGANTE: 🙊 **23:16**

Finalmente um bom sinal.

Vamos, você consegue! Mande um sorrisinho. **23:16**

ARROGANTE: 😁 **23:20**

> Hahaha, muito bom! Já é um começo. O que está fazendo? **23:20**

ARROGANTE: Conversando com um imbecil que não me deixa dormir. **23:21**

> Dormir? São onze da noite! Qualquer um diria que você tem cinco anos. A propósito... quantos anos você tem? 😬 **23:21**

ARROGANTE: 👴 Setenta, e moro em uma casa de repouso. E não só minha dentadura é postiça. **23:22**

Soltei uma gargalhada.

Eu ia responder quando vi, do outro lado do Grayskull, Daniel discutindo com dois marmanjos. Sem pensar duas vezes, corri para lá.

— O que é que está rolando? — perguntei.

Assim que pus os olhos neles, vi que a coisa ia ficar interessante.

Nem meio segundo depois chegou Thor, o chefe da segurança, e nos pediu que resolvêssemos as coisas como cavalheiros, no beco dos fundos. Na realidade, tudo havia sido uma bobagem. Daniel, todo animadinho, sem querer havia batido no ombro de um daqueles sujeitos. Pediu desculpas – coisa rara nele –, pois queria esquecer tudo e continuar ouvindo a banda. Mas o idiota não quis saber e pegou fogo mais rápido que um fósforo. Enfim, naquela noite, ao som de "Breaking the Law", de Judas Priest, a coisa ficou feia. E, como sempre acontece quando você está com o sujeito no chão e está lhe dando uma surra daquelas, o amigo do cara tenta pegá-lo desprevenido. Dessa vez, eu tive que interceptar o cara que tentou pegar Daniel pelas costas. Pobre coitado, senti sua mandíbula se quebrar ao contato com meu punho fechado.

    No fim, Daniel se livrou facilmente do babaca que começou a briga. E embora ainda desse tempo de pegar o fim do show, pelas regras do bar não podíamos voltar. Portanto, a noite acabou cedo. Quando estávamos voltando para casa, percebi que havia perdido o celular na briga. Demorei dois dias para arranjar outro.

CAPÍTULO 3

Ela

Os homens são um mistério. Primeiro ficam atrás de você, insistem e insistem até receber uma resposta. Depois, quando você decide retornar, passam a ignorá-la e não respondem mais às mensagens.

A conversa de ontem à noite, embora curta, fez com que eu gravasse o número dele. Não me preocupei com minha foto de perfil porque sempre uso uma florzinha.

> Essa história de que tenho setenta anos e moro em um asilo é brincadeira, viu? E também não tenho nada postiço. **8:04**

> Que foi, vai dar uma de mudo agora? **8:06**

Ele não respondeu.

Meu dia continuou como de costume. Lá pelas dez da manhã, hora do primeiro intervalo na escola, fiquei curiosa; queria saber se pelo menos ele havia lido minhas mensagens. Os risquinhos azuis não estavam lá, mas isso não quer dizer nada quando em seu aparelho você consegue pressionar levemente a tela e obter uma pré-visualização das mensagens recebidas.

> Certamente você sabe que é falta de educação não responder às mensagens, né? **10:12**

Nada. Nem os dois risquinhos.

Passei o resto das aulas olhando meu celular disfarçadamente para ver se havia algum sinal dele. Por um momento, senti vontade de ligar só para lhe dizer como ele ia morrer.

> Não sei por que estou perdendo tempo. Nem sequer te conheço. Se respondi ontem, foi por educação, coisa que, pelo visto, você não tem. Não me escreva mais. E se escrever, saiba que não vou responder. **15:21**

Nem os livros nem a televisão foram suficientes para tirá-lo da cabeça a tarde toda. Por que ele parou de responder? Não sabe quem sou, nunca me viu. O que aconteceu para que, de repente, ele deixasse de estar interessado?

> Tenha uma boa vida. 👋 **19:40**

Quase mandei um dedo do meio, mas decidi que era melhor deixá-lo em paz. Havia acabado de mandar a mensagem quando escutei baterem na minha porta.

— Entre.

Era papai; ele tem o costume de chegar do trabalho e ir direto me dar oi e avisar que o jantar está pronto. Quando era pequena, eu gostava muito que ele fizesse isso, podia ficar horas escutando como tinha sido o dia dele. Mas, agora, não posso dizer o mesmo. Eu o amo, claro, mas às vezes ele fala tanto que morro de tédio.

— O jantar está pronto, princesa.

Quando me viu com o celular na mão, imediatamente perguntou com quem estava falando. É que meu pai, ultimamente, tem sido o homem mais ciumento do universo. Não é brincadeira, é como um sargento quando se trata de garotos. Sério, só faltam o quepe e a carabina. Ele não se cansa de me dizer que as novas gerações são péssimas e que o importante é eu me manter longe de toda essa podridão. Sei que ele me adora e por isso faz essas coisas, mas um pai ciumento e intenso chega a ser uma verdadeira tortura.

— Com ninguém, pai.

— Não acredito. Diga a verdade.

— Com Irene.

Papai ergueu uma sobrancelha.

— É verdade — eu disse. — Se não acredita, posso mostrar a conversa. Mas estou só avisando, estávamos falando de coisas de garotas adolescentes.

Quando lhe mostrei a tela, papai virou o rosto imediatamente.

— Não, obrigado, não precisa. Acredito em você.

Eu o conheço tanto que sabia que essa seria sua reação.

— Ande, mamãe está nos esperando.

Dei-lhe um beijo a caminho da cozinha.

Depois do jantar, voltei a meu quarto, dessa vez sim para conversar com Irene. Ela já tinha me falado, mas confirmou que no dia seguinte era a festa de sua prima. Eu disse que ainda não sabia se queria ir, que talvez preferisse ficar em casa. Não que eu não goste de sair, ao contrário, saio sempre que tenho uma oportunidade. Mas a prima de Irene é a menina mais antipática que qualquer um poderia imaginar. É tão pedante que não tem amigas, e por isso temos que dar uma força. Mas Irene insistiu tanto que precisei aceitar.

Além do mais, por ser uma festa "familiar", não tive que brigar muito com papai para que me deixasse ir.

Passei a festa ao lado da mesa enchendo meu prato com batatinhas e amendoim cada vez que esvaziava. Irene, porém, conheceu um garoto e, segundo ela, foi fenomenal. Desde que a conheço, de nós duas ela sempre foi a sortuda. Se colamos na prova, sou pega e mandada para a diretoria. Se compramos uma rifa, ela ganha o prêmio. Se vamos à balada, ela é convidada a dançar. E não porque é mais bonita que eu ou porque tem um gênio melhor.

CAPÍTULO 4

Ele

Passei o domingo inteiro de pijama, portanto só na segunda-feira à tarde fui à loja substituir meu celular. Fiquei em uma fila de duas horas para, no fim, ouvir que a garantia não cobria perda e que, além de tudo, eu não tinha pontos suficientes para outro celular grátis.

Que tragédia!

Tive que acabar com minhas economias para poder sair dali com um aparelho decente. Mas valeu a pena, pois, graças ao fato de tudo estar na nuvem, consegui carregar todos os meus dados, incluindo o número de minha nova amiga. Em que momento tudo começou a girar em torno dela?

Salvei o número com o nome de Flor, pois era a imagem de perfil dela.

Olá! **18:42**

> O que está fazendo? 18:42

> Está por aí? 18:45

> Alô, alô! 😶 18:50

    Decidi controlar a vontade de ligar; achei melhor esperar que ela respondesse às mensagens, não queria parecer tão ansioso. Em vez disso, liguei para Daniel, pois não nos falávamos desde quinta-feira. Ele sempre tem alguma novidade, e dessa vez não foi diferente. Contou que havia conhecido uma garota no fim de semana e que havia combinado de sair com ela nos dias seguintes. Até me propôs um *date* duplo com a melhor amiga dela. Eu disse que ia pensar, que tudo dependeria de meu humor.

    Às nove e meia da noite decidi que já havia se passado tempo suficiente para poder ligar para ela.

> **LIGANDO FLOR... 21:32**

Não me surpreendeu o fato de ela não atender.
Insisti com as mensagens.

> Não está de bom humor? 21:34

Nesse momento, vi que a mensagem foi marcada como lida.

> ☺ 21:35

FLOR: ...   21:35

? 21:36

Está de mau humor? 21:36

FLOR: Por quê? 21:37

🙄 21:37

FLOR: Deveria? 😄 21:37

Então eu entendi.

LIGANDO FLOR... 21:38

Chamou várias vezes, até que parou.

Já sei do que você está falando e, mesmo
que eu não precise dar explicações,
acho que tenho uma. 21:39

FLOR: Vejamos... **21:39**

Perdi meu celular. Fim. 21:39

Poucos minutos depois, a palavra *digitando* desapareceu e uma mensagem surgiu.

FLOR: Não acredito em você. 21:42

> Problema seu. **21:42**

FLOR: Perdeu como? **21:42**

> É uma longa história. **21:43**

FLOR: **21:43**

> OK, OK. Perdi no meio de uma briga. **21:43**

FLOR: Briga de socos? **21:44**

> Não, de espadas. **21:44**

FLOR: **21:44**

> OK, OK... Sim, de socos. Você não tem senso de humor, hein? **21:45**

FLOR: Com quem? **21:45**

> Não sei, não conhecia os caras. **21:45**

FLOR: Quer dizer que você é um encrenqueiro.
Pouco a pouco vou te conhecendo. **21:46**

> Não costumo perguntar o nome dos caras antes de sair no soco. Além do mais, foi para defender meu melhor amigo. Queriam pegá-lo pra valer. **21:46**

FLOR: De qualquer maneira, isso se chama ser encrenqueiro. **21:47**

Isso não está em discussão. O que fez no fim de semana? **21:47**

De repente, estávamos conversando como se nos conhecêssemos havia muito tempo. Não foi tão rápido, mas, aos poucos, foi surgindo a confiança. Fiquei sabendo que azul era sua cor favorita, que a música de que mais gostava era "Fireworks", da Katy Perry. Viu mais de vinte e sete vezes *(500) dias com ela*. A mãe é dona de casa e o pai sócio de um escritório de advogados. Pelo que disse, as coisas vão muito bem para ele. E é assim que, de repente, conhecemos alguém novo e já temos novas músicas para ouvir e filmes para acrescentar em nossa lista.

Eu disse que minha cor favorita é preto. Não me surpreendeu o fato de ela nunca ter ouvido minha música favorita, "Pour Some Sugar on Me", do Def Leppard; nossa geração não conhece a verdadeira música. O que me surpreendeu foi ela ainda não ter visto *O poderoso chefão*. Quem neste planeta não viu um clássico desse peso, nem que seja com os pais?

Depois, contei sobre meus pais. Achei válido responder às mesmas perguntas. Contei que moro com minha mãe e que não vejo meu pai há anos.

Então, chegou a hora da verdade, o momento em que os intervalos entre uma mensagem e outra se tornam óbvios, porque só resta uma coisa a perguntar entre dois desconhecidos.

Qual é seu nome? **22:51**

Ela leu a mensagem imediatamente, mas demorou um pouco para responder.

FLOR: Por que quer saber?   **22:53**

Como assim? Eu não converso mais de quarenta minutos com uma garota que não conheço. No mínimo, gostaria de saber como foi batizada.   **22:53**

Demorou outro tanto para responder.

FLOR: Primeiro diga o seu.   **22:56**

Eu perguntei primeiro.   **22:56**

FLOR: Não interessa.   **22:56**

    Escrevi e apaguei meu nome duas vezes, indeciso entre acabar ou não com o anonimato. É que, embora eu gostasse de conversar com ela, era impossível saber se tudo que estava me dizendo era verdade. Se era verdade que estava conversando com uma garota de dezesseis anos que mora na Del Valle e está no ensino médio. Hoje em dia, nunca se sabe quem está do outro lado da tela. Por isso, considerando a possibilidade de que a conversa fosse passageira, escrevi o primeiro nome que me veio à cabeça.

Matt. Meu nome é Matt.   **22:58**

Matt é o nome de um garoto que conheci quando estava no sexto ano. O coitado era desses que sofrem bullying dos garotos populares da sala. Enchiam o saco dele dizendo que não tomava banho, que era possível sentir seu fedor a três metros de distância. Eu nunca abusei dele, pois nunca achei divertido debochar de alguém que não sabe se defender. Por isso e porque, na verdade, era mesmo insuportável chegar perto dele devido ao mau cheiro.

É a sua vez. **22:59**

De novo notei que ela estava digitando por um tempo, mas não chegava nada. Então, apareceu.

FLOR: Fabiola. **23:01**

Fabiola.
Nome bonito. Elegante e sexy ao mesmo tempo.

CAPÍTULO 5

Ela

Dei um nome falso por uma razão óbvia: hoje em dia nunca é demais ser cuidadosa.

De repente, recebi a ligação. Imediatamente silenciei o celular para evitar uma tragédia. Era ele, obviamente. Só que, diferentemente da vez anterior, nessa eu estava a fim de atender.

— Alô — atendi baixinho, quase sussurrando.
— Fabiola? — disse ele.
— Sim.

Quando ouvi esse nome, meu estômago gelou. Mesmo assim, dei trela.

— Muito prazer — disse ele.

Pelo tom de voz dele, eu soube que pelo menos não estava falando com um velho pervertido.

— Não sei por que atendi. Sabe que horas são? Se meu pai descobrir, vai matar nós dois.

Eu me senti como quando era pequena e fazia alguma travessura e rezava para que meus pais não descobrissem. Não tanto pela hora, mas porque estava falando com um absoluto desconhecido.

— Você tem uma voz doce — disse ele. — Isso quer dizer que talvez não seja tão feia como imaginei de início.

— Você me imaginou feia mesmo? — respondi, segurando o riso.

— Como um morcego.

— Pois eu imaginei você mais feio ainda.

— Bem, pois só há uma maneira de tirar a dúvida. Vamos trocar selfies?

Deixei escapar uma gargalhada antes de cobrir a boca com a mão.

— Nem sonhando — respondi.

— Vale a pena sonhar. Se quiser, eu mando a minha primeiro.

— Não, obrigada — respondi. — Aposto que vai procurar na internet a foto de um modelo de passarela de Nova York e vai me mandar dizendo que é sua.

— Caramba, fui desmascarado.

Mesmo sendo a primeira vez que falava com ele, parecia que conhecia sua voz a vida inteira. Ou talvez tenha sido porque a conversa foi tão descontraída que me deixou à vontade.

Mas o momento mágico evaporou no segundo em que ouvi meu pai entrar em meu quarto. Foi tão de surpresa e tão fora de hora que me pegou totalmente desprevenida.

— Com quem está falando, menina?! — perguntou meu pai, firme.

— Pai, o que está fazendo? Por que está acordado a esta hora?

— Pergunto o mesmo, mocinha. Estou acordado porque tenho que revisar um caso muito importante para amanhã. E você?

As palavras não saíam de minha boca.

— Vou ter que confiscar esse celular.

— Não, pai. Por favor, eu não estava fazendo nada.

— Eu ouvi suas risadinhas do meu quarto, menina. Ande, me dê esse celular.

— Papai!

— Agora mesmo, mocinha.

Tive que entregar o celular, totalmente contra minha vontade.

— Papi, por favor.

— Nada de papi — disse ele, erguendo a sobrancelha direita. — Se você se comportar bem, amanhã à tarde o devolvo.

— Papai, não seja assim.

— Sou sim. Vá dormir, depois não consegue levantar de manhã.

— Mas eu acordo com o alarme do celular! E agora, o que vou fazer? — disse eu, em uma última tentativa de ficar com o aparelho.

— Não se preocupe, eu acordo você de manhã. Agora vá dormir. Boa noite.

— Papai!

Ele fechou a porta atrás de si.

Como eu disse, meu pai parece um sargento.

No dia seguinte, no café da manhã, com todos os meus encantos, tentei persuadir meu pai a me devolver o celular. Normalmente consigo convencê-lo com meus olhinhos marotos e meu beicinho, mas, em se tratando de sua versão pai ciumento, não há poder humano que o faça mudar de ideia, nem mesmo um pouquinho.

Além de não me devolver o celular, ele me interrogou sobre a ligação da noite anterior. Papai é um detector de mentiras humano, de modo que antes de acabarmos o café da manhã, eu já lhe havia falado sobre Matt.

— Onde o conheceu?
— Pelo WhatsApp.
— Quantos anos ele tem?
— Tem a minha idade.

Papai franziu a testa.

— Dezoito.
— Já é maior de idade. Não quero que fale mais com ele.
— Papai!
— Você tem dezesseis anos, menina. Não tem nada que ficar falando com um adulto de dezoito. Vá saber que costumes ele tem.
— Mamãe, diga alguma coisa.

Mamãe às vezes intervém quando papai dá uma de sargento. Algumas vezes consegue convencê-lo, outras não. Essa foi uma ocasião em que deixou a desejar.

— Vou devolver seu celular.
— Yeiiii!
— À tarde.
— Hmmmm.
— E se a vir falando com algum garoto a altas horas da noite, tiro o celular de você e o vendo ao recepcionista de meu escritório. Ele disse que está procurando um. Entendido?
— Sim, papai.

Nesse momento, tocou a buzina que indicava que Irene e o pai haviam chegado para me buscar. Corri para a porta, mas papai me deteve.

— Aonde vai?
— À escola — respondi.

— Sem se despedir?
Tive que voltar.
— Tchau — dei-lhe um beijo na testa. — Bye, mã.
— Tchau, filhinha.
Saí de casa com a última fatia de bacon na boca.

CAPÍTULO 6

Ele

Passei o caminho até o colégio tentando recordar a voz dela. E o nome – Fabiola –, que não me saía da cabeça, fez com que eu lhe desse um rosto de modelo da Victoria's Secret.

— O que está murmurando aí? — disse Daniel, atrás do volante.

Pela primeira vez deixei minha moto em casa e fui de carro com Daniel. Estávamos comemorando porque ele havia acabado de comprá-lo com o dinheiro de uma herança que seu tio-avô lhe deixou. Ele diz que nunca o conheceu, mas que, se o conhecesse, teria lhe agradecido adiantado a gentileza. Daniel sempre foi sortudo. Há pouco tempo, encontrou uma nota de quinhentos pesos na poltrona do cinema. Em outra ocasião, em uma festa de fim de ano no ensino médio, uma garota chegou do nada e o beijou. Quando ele perguntou por que ela havia feito isso, a garota disse que havia acabado de terminar com o namorado e precisava dessa experiência para esquecer o ex. "Nada pessoal, amigo, você foi o primeiro que encontrei, só isso", disse ela, que não estava nem aí. Ele ganha todas as rifas. Tem tanta sorte que em várias ocasiões eu tentei convencê-lo a jogar na loteria, pois tenho certeza de que, no mínimo, ganharia o valor apostado. Nem que fosse em uma de prêmio baixinho. Mas ele diz que não acredita em sorte e que não gosta de jogar dinheiro fora em sorteios arranjados. Que desperdício!

— Nada. Eu não disse nada.

Ele me olhou desconfiado, como se não acreditasse em mim. Liguei o rádio para acabar com a discussão antes que começasse. Não sabia o nome da música, era um reggaeton.

— Belo som — disse eu.

— Não encha o saco, desligue isso.

Não precisou repetir. Nenhum de nós dois gosta de música da moda.

— Fale da garota que você conheceu no fim de semana — disse eu.

— Nossa, você não vai acreditar. Cara, é uma gata. Tem pernas que você nem imagina, e um sorriso deslumbrante. As sobrancelhas grossas, do jeito que eu gosto, e uns lábios bem carnudos. Além do mais, é muito legal.

— Não acredito — disse eu.

— Em quê?

— Que está apaixonado.

— Está maluco? Que apaixonado o quê! Nem a conheço direito.

— Mas eu conheço você, e nunca te ouvi falar do sorriso de alguém.

— Cala a boca, senão... — ameaçou.

Distraiu-se por menos de um segundo, mas foi o suficiente para bater no carro da frente, que tinha parado no semáforo.

— Merda! A culpa é sua, por ficar falando bobagem — disse Daniel, olhando para mim.

— Sério que vai jogar a culpa em mim? — soltei uma gargalhada.

Típico de Daniel.

De repente, ele arregalou os olhos.

— Que foi?

— Você não vai acreditar — disse, pálido, como se tivesse visto um fantasma.

— Em quê?

— É ela.

— Ela?

— Ela, a do sorriso — ele continuou, como se estivesse presenciando um milagre celestial.

— Está me zoando! A da festa do fim de semana? — perguntei. — Está falando sério?

— Quem dera fosse brincadeira.

Nós dois olhamos para a frente e vimos o homem que estava dirigindo descer do carro. Parecia furioso.

— Quer dizer que esse aí com cara de quem quer nos matar é… seu sogro? — disse eu, mordendo o lábio para não cair na gargalhada.

CAPÍTULO 7

Ela

Um idiota bateu na traseira do carro do pai de Irene a caminho da escola. Ele desceu do carro para ver o estrago, enquanto ela e eu espiávamos pela janela. Irene quase se enfiou embaixo do banco.

— Que foi?
— É ele!
— Ele quem?
— Daniel, o garoto que conheci na festa — disse ela.
— Que vergonha!

Colei o rosto no vidro da janela para ver melhor.

— Você não me disse que ele era tão bonito.
— Bonito? — respondeu Irene, franzindo a testa.

Então, entendi que eu estava enganada, pois me referia ao que estava no banco do passageiro.

— Ah... bem, parece gente boa — disse eu, fazendo referência ao garoto que pedia desculpas ao pai dela na rua.

— Ora, também não é tão feio assim, né? — perguntou ela.

Eu não podia tirar os olhos do outro. Por isso não percebi quando o tal de Daniel se aproximou do carro.

— Irene? — disse ele quando a reconheceu pela janela.

Irene teve que fingir que estava pegando algo embaixo do banco.

— Daniel? — respondeu ela, fingindo surpresa.

O pai de Irene entrou no carro para pegar os documentos no porta-luvas.

— Acho que vocês terão que ir a pé até a escola, meninas. Isto aqui vai demorar.

— Em qual escola estudam? — perguntou Daniel.

— No Instituto Madero — respondeu Irene, sem poder disfarçar as bochechas vermelhas.

— Meu amigo vai para lá. Se quiser, senhor, ele pode acompanhar as garotas.

— E você? — Irene não parava de olhar para ele.

— Ele não vai a lugar nenhum, filha. Precisa esperar aqui até o mecânico chegar — disse o pai de Irene.

E assim, minutos depois, estávamos a caminho da escola escoltadas por um total desconhecido.

A beleza dele era surreal, mas o silêncio era extremamente constrangedor.

— Você também estuda no Instituto? — perguntei.

O garoto andava com segurança, como se seguisse o ritmo da música que ouvia pelos fones de ouvido. Ele me olhou com um meio-sorriso.

— Não. Estudo no San Marcos, a dois quarteirões.

Eu sentia como se estivesse fazendo algo proibido caminhando ao lado dele. É que o Instituto Madero e o San

Marcos sempre foram escolas rivais; em esportes, assuntos acadêmicos e até em classes sociais. Digamos que no San Marcos há mais alunos com bolsas de estudo. Desde que me lembro, ouço dizer que os garotos do San Marcos são perigosos e rebeldes, dos quais é melhor se manter o mais longe possível.

— Não tenha medo, menina, não somos tão malvados como dizem — disse ele.

Foi como se ele pudesse ler meus pensamentos.

— É óbvio que não tenho medo de você — respondi.

— Pois parece que sim, porque cada vez você se afasta um pouco mais — sorriu.

— Não sei do que está falando — respondi, baixando o olhar.

— Seu amigo também estuda no San Marcos? — perguntou Irene.

— Sim, desde o fundamental.

Irene ficou calada o resto do caminho.

Vinte minutos depois, chegamos à porta do Instituto.

— Entregues, meninas. Foi um prazer escoltá-las.

— Obrigada — respondemos em uníssono.

— Mas não posso ir sem que me digam como se chamam — disse ele, olhando-me nos olhos.

Eu nunca tinha sentido um calor repentino daqueles. Irene aprovou com o olhar. Os olhos do garoto se cravaram nos meus.

— Elizabeth — disse eu.

— Muito prazer.

— E você?

— Alex.

Nesse momento, senti que fiquei mais vermelha que um pote de *ketchup*. É difícil, mas preciso admitir que todo esse negócio de flertar com garotos é novo para mim. Queria ter a coragem de Irene.

— Tchau — disse ele, deu meia-volta e foi embora.

— Nossa, não podia disfarçar um pouco? — disse Irene, batendo em meu ombro.

— Do que está falando?

— Você sujou o chão de baba.

— Está maluca? Claro que não.

— Se você está dizendo... — zombou ela, e riu.

Segundos depois, Irene e eu percebemos que as portas da escola já estavam fechadas. As regras são bem claras: ninguém entra depois do horário. E embora fossem só oito minutos de atraso, nenhuma das duas tinha vontade de advogar por nossa causa perante a diretora.

— O que vamos fazer? — perguntei a Irene.

— Podemos voltar ao carro de meu pai.

— O que você quer é ver o garoto que bateu em nós.

— OK, admito. Mas não temos outra coisa para fazer. Ou temos? — respondeu Irene, vitoriosa.

De repente, ouvimos uma voz.

— Que garotas de sorte!

Voltei-me e encontrei de novo aquele rosto e os olhos que pareciam dois sóis. Estava parado, como se nunca tivesse saído dali. Por um instante, tive medo de que ele houvesse escutado minha conversa com Irene e senti vergonha.

— É a primeira vez que perdem a hora? — perguntou.

Nós duas demos de ombros.

— Precisam comemorar, então — disse. — Se não tiverem nada para fazer, vamos tomar café da manhã na pensão do Tino, a três quarteirões daqui. É por minha conta.

— Que nojo — reagiu Irene. — Sabia que eles servem carne de cachorro?

— Não sabia, mas, se for verdade, cachorro tem um gosto delicioso.

Acariciou o queixo e depois soltou uma gargalhada. Bonito, sim, mas quando ria parecia um bode.

Algum defeito tinha que ter.

— Eca! Não, obrigada, é melhor voltar para o meu pai e ver se ele precisa de ajuda — disse Irene.

— Boa sorte — despediu-se Alex.

Naquele momento, eu não sabia se Irene estava indo embora de propósito para me deixar a sós com ele ou se foi porque não queria mesmo tomar o café da manhã conosco.

— E você? — Ele olhou para mim. — Vem comigo?

Então, foquei a vista na curva de seus lábios, que formava uma covinha nas bochechas. Por um segundo, senti o ar escapar de meus pulmões.

— S-sim — respondi quando consegui destravar a língua.

— Então vamos — e me ofereceu a mão, como um príncipe de contos de fadas.

Hesitei três milésimos de segundo antes de lhe entregar a minha.

— Tem certeza de que não quer ir com a gente? — ergui a voz o suficiente para que Irene me ouvisse a alguns metros de distância, pois ela já estava voltando para o local do acidente.

As mulheres têm uma linguagem com que nos comunicamos sem que os homens percebam. É infalível, como código Morse. Um pestanejar ou uma mordida de lábios podem significar coisas diferentes, tudo depende do contexto. Às vezes, fazemos essas coisas sem pensar. Dessa vez, Irene entendeu minha mensagem e, segundos depois, deixou-me sozinha com Alex.

CAPÍTULO 8

Ele

É inexplicável como um acidente no meio da rua pode mudar o dia inteiro de uma pessoa. Àquela hora eu deveria estar ouvindo o professor de Química balbuciar fórmulas sem sentido. Em vez disso, lá estava eu tomando café da manhã com uma garota tão bonita que poderia ser modelo de revista. Além disso, era simpática, coisa que normalmente não acontece quando são gatas assim.

— Parece que sua amiga e meu amigo se gostaram — disse eu.

Ela só assentiu com a cabeça.

Estava nervosa?

— E você, namora?

Minha pergunta a surpreendeu tanto que ela quase cuspiu o suco de manga na minha cara.

— Você pergunta isso a todas as garotas que acaba de conhecer? — disse ela bruscamente, e de repente corou.

— Todas? Você fala como se eu conhecesse cinco por dia. Pode não acreditar, mas sou bastante reservado quando conheço alguém.

— Não imaginei, você tem cara de paquerador — disse ela. — Além do mais, não me respondeu.

— O quê?

— Se pergunta isso a todas as garotas que acabou de conhecer.

— Só quando me interessa saber a resposta.

Achei engraçado ela dar de ombros.

— Em que ano está? — continuei.

— Primeiro do ensino médio. E você?

— Terceiro do ensino médio. Ou seja, se estou calculando direito, você tem uns quinze ou dezesseis anos.

— E você, dezoito?

Nós dois sorrimos. Foi uma dessas coisas que não precisamos dizer para entender. Dois anos de diferença, nessa idade, é quase perfeito.

— Qual parte do cachorro você acha que está comendo? — perguntei bem quando ela deu a primeira mordida na torta.

— Prefiro não achar nada — respondeu ela com naturalidade e um sorriso gracioso, que logo escondeu com a torta.

— Ouça — disse eu —, temos a manhã toda livre. Há um parque a dois quarteirões daqui onde são vendidos os melhores *esquites* que você jamais provou. Vamos?

— Como consegue pensar em comer depois desta coisa? — agitou a torta diante de meu rosto.

— Não nego: se eu fosse o Super-Homem, a comida seria minha kryptonita.

— Qual é a sua favorita?

— Não sou exigente, gosto de tudo.

— Mas deve haver uma que você prefira acima de todas as outras.

A pergunta era tão difícil que levei um tempo para decidir.

— Chuleta de porco com purê de batatas — respondi com segurança.

É engraçado como podemos nos familiarizar com uma pessoa somente conversando sobre coisas triviais.

Depois da pensão fomos ao parque. Ainda era muito cedo, nem sinal do cara dos *esquites*. Fizemos hora sentados em um dos bancos que dava para a rua. Ficamos nos divertindo com o jogo dos personagens, criando uma história para cada pessoa que passava caminhando. Quem é, de onde vem, para onde vai etc. Quando se tem imaginação, é muito divertido.

Nem percebi como o tempo passou depressa. Quando nos demos conta, já era hora da saída da escola.

— Posso levá-la até sua casa? — perguntei.

Ela hesitou por um segundo.

— Não quero incomodar — deu de ombros.

— Se fosse incômodo, eu não ofereceria.

— Bom argumento — disse ela, e sorriu.

Meia hora e doze quarteirões e meio depois, chegamos à porta da casa dela. Como eu havia imaginado, a julgar pela aparência, a casa era quase do tamanho da escola. Bem, talvez não tão grande, mas digamos que caberiam duas da minha dentro da dela. Em geral, eu não me intimido com algo tão banal, mas naquele momento ficou claro que estava diante de uma garota totalmente fora de meu alcance.

— Obrigada por me acompanhar — disse ela.

— De nada.

Olhamo-nos por um momento e tudo em volta desapareceu. Eu não sabia como agir, se devia apertar sua mão ou dar um beijo no rosto. O que sabia era que não queria me despedir dela. Totalmente contra toda a lógica, peguei meu celular e pedi o número dela.

Ela hesitou por um segundo.

— Não... não sei de cor — disse ela. — E meu celular não está comigo, esqueci em casa. Desculpe. Mas se me der o seu posso...

Não sei em que momento achei que daria certo.

— É que...

Uma voz a interrompeu.

— Elizabeth!

Voltei-me e vi um homem de um metro e meio, meio barrigudo, com uma careca de frade franciscano. Também tinha uma incrível cara de buldogue.

— Seu pai? — perguntei.

— S-sim — disse ela, e corou tanto que parecia um tomate.

— Entre, por favor — disse o homem.

— Olá, senhor. Sou...

— Boa tarde e adeus — interrompeu ele, categórico.

Senti um frio na barriga. Olhei para ela e a vi com os ombros caídos, envergonhada, como se quisesse se desculpar pelos maus modos do pai.

— A menina não tem idade para voltar caminhando da escola com qualquer um — disse ele.

O comentário dele foi muito ridículo, mas senti necessidade de lhe explicar.

— Desculpe, senhor. O que aconteceu foi que...

— Não foi uma pergunta, foi uma afirmação. — De novo não me deixou terminar.

Elizabeth dirigiu-se à porta. Evidentemente, queria evitar a vergonha alheia pela cena que seu pai estava fazendo. No trajeto, voltou-se mais uma vez e me olhou.

— Obrigada de novo.

Assim que ela passou pela porta, o homem se interpôs entre nós. Ficou me olhando, medindo-me dos pés à cabeça. Eu devolvi a atitude, inclinando o queixo levemente para baixo para poder manter uma linha reta. Se ele achava que podia me intimidar, estava enganado.

— Vou lhe pedir que não volte aqui. Você não é bem-vindo — disse ele.

E então, deu meia-volta e bateu a porta.

Aquele homem era a prova de que educação não tem nada a ver com dinheiro.

Mamãe notou meu mau humor no instante em que entrei em casa.

— Tudo bem, filho? — E tomou um gole de chá. — Aconteceu alguma coisa?

— Não, mã. Tudo bem — respondi.

Estava mal-humorado, a fim de pular o almoço e ir direto para meu quarto. Mas nunca, desde que me lembro, deixei minha mãe almoçar sozinha. Além do mais, ela cozinha melhor que qualquer chef de restaurante com três estrelas Michelin, e perder a comida dela é um verdadeiro pecado.

Vinte minutos depois, cheguei a meu quarto e me joguei de costas na cama. Meu mau humor já havia melhorado. E assim, com o olhar fixo no teto, fiquei um bom tempo pensando naquele sorriso que tanto me encantou. Tirei meu celular do bolso e pensei que teria sido uma boa ideia ter dado meu número, talvez, quando ela pediu. Assim, pelo menos, teria tirado a dúvida e comprovado se, na verdade, ela não queria me dar o dela. Porque esse negócio de esquecer o celular em casa é ainda mais difícil de acreditar do que no chupa-cabra.

Foi quando olhei a tela de meu aparelho que me lembrei de Fabiola, a garota com quem estava conversando nos últimos dias.

CAPÍTULO 9

Ela

Depois de eu implorar por mais de vinte minutos, finalmente meu pai devolveu meu celular. Mas de má vontade, rosnando como um pastor-alemão. Como o aparelho havia ficado ligado a noite toda e o dia inteiro, quando o peguei de volta estava sem bateria. Coloquei para carregar imediatamente, pois tinha pressa de conversar com Irene e contar a ela o que havia acontecido com Alex. Morria de vergonha só de lembrar como papai o botou pra correr.

> 😈 Como foi com seu gatinho? 16:50

> **IRENE:** Nem me fale, levou umas duas horas todo aquele rolo do seguro. E em todo esse tempo meu pai não desgrudou de mim nem um segundo. 🙈 16:50

> Você sabe como ele é... **16:51**

IRENE: E você? Estava boa a torta de cachorro? **16:51**

> 😆 **16:51**

IRENE: Cuidado para não pegar raiva. **16:51**

> 🐀 Deixe de ser tonta, raiva não se pega assim. **16:52**

IRENE: Talvez não, mas em uma dessas você pega febre tifoide. **16:52**

> 😷 Pare de jogar praga! E pede ao seu gatinho o telefone do amigo dele, por favor. 😬 **16:52**

IRENE: Passou o dia todo com ele e não pediu o número? **16:53**

> 😳 **16:53**

IRENE: Está com pressa? **16:54**

> Hein? **16:54**

IRENE: É que quero mandar mensagem para ele só amanhã. Não quero que pense que sou desesperada. **16:55**

> 🙈 **16:55**

Irene é assim, sabe perfeitamente como lidar com as situações. E funciona, pois nunca teve problemas para encontrar ou manter garotos. Se bem me lembro, teve três namorados que comiam na mão dela. Eu tive um pretendente uma vez, não faz muito tempo. Conheci o garoto na festa de quinze anos de Irene. Os pais dela gastaram os tubos e alugaram o Baccarat, que estava na moda há dois anos, mas agora nenhuma pessoa decente se atreve a passar por ali. Irene estava dançando com o namorado da época e eu fiquei sentada a uma das mesas com duas primas dela, ambas mais novas que eu. Então, apareceu um cara magro e baixinho, com dois quilos de gel no cabelo. Não era feio, mas também não era bonito. Mas o fato de ser o primeiro a me chamar para dançar o fez ganhar pontos. Como se de propósito, bem quando chegamos à pista o DJ decidiu mudar o ritmo e começar com músicas lentas. Ainda me lembro do cara todo trêmulo. Só na segunda música ele se atreveu a segurar minha cintura, e isso porque eu o ajudei. Assim como o primeiro beijo, a gente nunca esquece a primeira vez em que dança coladinho com alguém; esse momento fica impresso em nossa memória. Quando paramos de dançar, ele me acompanhou de novo até a mesa e pediu meu celular. Como naquela época eu não tinha celular, dei-lhe o número de casa. E esse foi o erro, pois bastou a primeira chamada – que meu pai atendeu – para eu nunca mais ter notícias do pobre garoto.

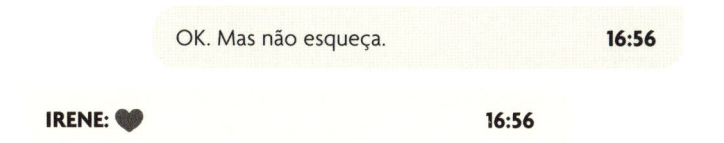

OK. Mas não esqueça.   **16:56**

IRENE: 🖤   16:56

Nesse momento, recebi uma mensagem de...

MATT: Oi, bonita!   **16:56**

E dá-lhe com esse negócio de "bonita". Acho estranho chamar alguém de "bonita" sem nem conhecer a pessoa. Mesmo assim, não posso negar que me empolguei ao ver a mensagem dele.

☺ **16:57**

MATT: O que está fazendo? **16:57**

Ia começar a fazer a lição de casa. E você? **16:57**

MATT: Eu não; não curto muito esse negócio de lição de casa. 😄 **16:58**

Nem eu, mas às vezes temos que nos ferrar. **16:58**

Continuamos trocando mensagens por um bom tempo. Em uma dessas, ele me perguntou onde eu estudava e respondi que ainda não me sentia à vontade para revelar essa informação.

Como vou saber se você não é um sequestrador? **17:26**

MATT: Faz sentido. E eu, como vou saber que você não é uma psicopata e assassina em série? **17:26**

Com base nessas perguntas, fizemos um pacto: combinamos de não trocar informações que revelassem nossa identidade enquanto nós dois não nos sentíssemos à vontade com isso. É que nosso relacionamento – se é que o poderíamos chamar assim – era perfeito no anonimato. Assim nós dois éramos livres para dizer o que quiséssemos, sem nos preocupar com o politicamente correto.

MATT: Hoje conheci uma garota.   **17:28**

😲 Está brincando!? Eu também.   **17:29**

MATT: Imagino que está se referindo a um garoto.   **17:29**

Óbvio. Que coincidência!   **17:29**

MATT: Como o conheceu?   **17:30**

Por acaso.   **17:30**

MATT: É assim que começam as melhores histórias de amor. ☺   **17:31**

Esse lance de amor não é comigo. Dou muito azar... Bom, tenho que terminar a lição. Conversamos mais tarde. 🙈   **17:33**

MATT: Divirta-se. 👀   **17:34**

CAPÍTULO 10

Ele

Conversar com Fabiola se tornou um costume diário. Às vezes ela me chamava com perguntas simples como "Já ouviu essa música?", e outras vezes eu a chamava com a desculpa de lhe perguntar qualquer bobagem, só para conversar. Ela me mandava seus vídeos favoritos e eu respondia com um dos meus. Começamos a trocar fotos de comida e de lugares a que íamos, mas sempre tomando cuidado com a tênue linha do anonimato.

É curioso como nossa imaginação funciona com tão pouca informação. Digo isso porque àquela altura eu já tinha uma imagem clara de como ela era fisicamente – ciente, claro, de que o mais provável era que, na realidade, ela não se parecesse em nada com a foto criada em minha cabeça.

Nossa convivência se tornou tão habitual que começamos a brincar com a possibilidade de um dia nos conhecermos pessoalmente. No começo, ela comentou que talvez não fosse muito legal, pois isso poderia estragar o que já tínhamos. Mas, dias depois, mudou de ideia e também começou a pensar na proposta.

Ela me mandava fotos dos lugares que visitava, mas nunca com seu rosto aparecendo. Pelas imagens, fiquei sabendo que ela ia com frequência ao Plaza Arboleda, o novo shopping que abriram do lado oeste da cidade, meses atrás. Pode parecer bobagem, mas pensei na possibilidade de ir ao shopping um dia desses para ver se a encontrava, mesmo sem ter ideia de como ela é fisicamente. Uma vez, Fabiola estava em uma loja de roupas lá e chegou a me pedir ajuda para escolher entre duas blusas de cores diferentes. Insisti para que as mostrasse no corpo para eu não errar na avaliação, mas, óbvio, ela foi suficientemente esperta para não cair na armadilha. Em outra ocasião, fui eu quem lhe pedi ajuda, dessa vez com uma lição que tinha que entregar no dia seguinte e que nem sequer havia começado. Ela me pediu o arquivo da lição e o devolveu horas depois totalmente terminado.

> O professor não vai acreditar que fui eu que fiz. **20:32**

FABIOLA: Por quê? **20:33**

> Nunca na vida entreguei algo tão bem-feito. Estou pensando em mudar algumas coisas só para eliminar o risco de suspeitas. 🙈 **20:33**

Numa quinta-feira, Daniel me jogou uma bola de papel com uma mensagem. Quase sempre nos sentamos juntos, mas nesse dia nos separaram porque, segundo a professora, somos um perigo. Na mensagem, ele me perguntava se eu queria sair com Elizabeth, amiga de Irene, em um *date* duplo.

Daniel e Irene já estavam namorando.

Eu não tinha notícias de Elizabeth desde aquele dia em que a tinha levado até a porta de sua casa e fomos interrompidos pelo rabugento do pai dela.

Obviamente, eu disse sim de imediato.

Com a mesma velocidade que aceitei, Daniel mandou uma mensagem de confirmação para Irene.

Quando Fabiola me perguntou, no mesmo dia do meu *date* duplo, quais eram meus planos para o fim de semana, eu não soube o que dizer. Não sei, pensei que talvez fosse constrangedor para ela saber que eu ia sair com uma garota, pois, embora não houvesse nada mais que uma boa amizade virtual entre nós, a realidade era que nossas conversas a cada dia se tornavam mais pessoais, e qualquer um que as lesse poderia pensar que havia algo entre nós. Mas esse fator parece não ter importado muito para ela, pois me contou que ia sair para jantar com um amigo naquela noite.

> E de onde saiu esse amigo? 16:22

FABIOLA: 😁 16:22

> E ele é um galã? 16:23

FABIOLA: Hmmmm... está me perguntando se ele é bonito? 16:23

> Não queria usar essas palavras, mas sim, estou perguntando isso. **16:23**

Ela levou alguns minutos para responder.

FABIOLA: De fato, sim, é bem bonito. **16:25**

Não vou negar que ler sua resposta me provocou um frio na barriga. Como quando somos pequenos, estamos com o boletim cheio de notas ruins na mochila e sabemos que na hora do almoço teremos que entregá-lo a nossos pais. Foi o que senti na minha barriga.

FABIOLA: Além disso, gostei do jeito dele. Bem, faz tempo que não o vejo, mas parece ser um cara legal. **16:25**

Não sei se ela estava fazendo de propósito para provocar algo em mim ou se era nosso pacto que permitia que me dissesse essas coisas. O que sei é que não estava mais me agradando a ideia de imaginá-la com outra pessoa. Muito menos com um garoto bonito que, além de tudo, era "um cara legal".

> 👍 Veja que coincidência, também vou sair com uma amiga hoje. **16:28**

FABIOLA: É bonita? **16:30**

Se é bonita? Sim, muito bonita. Mas eu não quis ser tão cruel.

> Um pouco. **16:30**

FABIOLA: Diga a ela para te tratar bem, senão vai se ver comigo. **16:31**

Típica frase cuja intenção não conseguimos saber. Por um lado, provoca a sensação de que a pessoa se preocupa com você; por outro, faz acreditar que essa preocupação tem uma razão especial. Não sabemos se é ciúme ou o quê. E se for ciúme, não sabemos o que pensar a respeito nem se sentimos o mesmo.

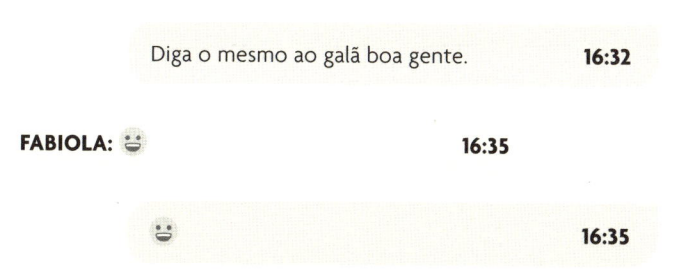

Diga o mesmo ao galã boa gente. **16:32**

FABIOLA: 😁 **16:35**

😐 **16:35**

Essa foi a última conversa que tivemos naquele dia.

CAPÍTULO 11

Ela

Eu não tinha um vestido bonito o suficiente em meu closet, e quando Irene me falou do *date* duplo com Alex e Daniel, fui imediatamente ao Plaza Arboleda para comprar algo digno da ocasião.

Não era a primeira vez que eu saía com Irene nesse esquema de dois casais. Seis meses atrás, quando ela estava com Pablo, um namoradinho que durou meio mês, fomos ver um filme. O cara da vez foi Gerardo, amigo de Pablo, um garoto que media um metro e meio mesmo com os sapatos de sola dupla que usava. Fiquei com pena porque, sem saber, naquele dia eu estava de salto alto e o coitado não encostava nem nos meus ombros. E isso que não sou alta. Prefiro pensar que na escuridão da sala ninguém notou.

Quando contei à minha mãe sobre o encontro com Alex, ela ficou muito contente. Obviamente meu pai não gostou nem um pouco, mas não tinha alternativa a não ser aceitar. Mamãe, com muito carinho, recordou a ele que eu já tinha idade para sair. E ele, mais vermelho que o sol, limitou-se ao silêncio. Claro, ele me pediu para chegar às onze e meia, mas nem a Cinderela teria considerado lógico esse horário; e me alertou: se eu chegasse um minuto mais tarde, jamais me deixaria sair de novo. Era uma questão de pegar ou largar, e tive que aceitar o trato.

Quando escutei o carro chegar, saí a toda velocidade. Não quis correr o risco de que Alex descesse para me receber, pois papai estava sentado em frente à televisão, na sala.

Ao entrar no carro, escutei uma música que adorava e logo o vi; estava um gato. Não me lembrava do efeito que ele tinha em mim. Estava com uma camisa preta com as mangas arregaçadas, o cabelo penteado para o lado e um sorriso que me fez derreter. Dez minutos depois, chegamos ao Nirvana, um dos restaurantes da moda, desses que quem não tem reserva vai esperar pelo menos uma hora. Por sorte, não foi o nosso caso, porque Daniel já havia cuidado disso.

Quando chegamos à mesa, parecia que estávamos brincando de ser adultos. Irene e eu nos olhamos e sorrimos; quem poderia pensar, duas garotas do Instituto Madero saindo com dois garotos do San Marcos! Se nossas colegas nos vissem, com certeza morreriam de inveja.

Não há melhor cenário para conhecer alguém que um jantar. E, quando se está com sua melhor amiga, é ainda melhor. Porque é ali que vêm à tona todos os acontecimentos importantes de seu passado, inclusive os indecorosos. E para isso a amiga está lá, para confirmar o que for preciso. Obviamente, a dinâmica funciona dos dois lados. Claro que também chega um momento da noite em que cada um se limita a conversar com seu acompanhante. E essa foi a hora do jantar de que mais gostei. Já sem a cumplicidade de Daniel, Alex ficou meio tímido, embora em uma primeira impressão sua personalidade seja imponente. Conversamos sobre tudo, ele tem um bom papo. Não há nada mais sexy em um homem que a combinação perfeita entre inteligência e sensibilidade.

Quando acabamos de jantar, Irene sugeriu irmos ao Skandal, um lugar tipo boate, famoso por sua pista de dança. Eu nunca havia ido, mas sabia que ela já tinha estado lá algumas vezes.

— Acho que não é uma boa ideia — disse Alex.

— Que foi? — perguntou Irene. — Não está curtindo?

Eu fingi que não a escutei. Também não achei a melhor ideia do mundo.

— Ao contrário — disse Alex. — Estou curtindo tanto que não quero estragar a noite.

— E por que isso aconteceria?

— Porque Alex tem dois pés esquerdos — riu Daniel.

— Se eu tenho dois pés esquerdos, você tem um e meio — defendeu-se Alex.

Não pude evitar uma risadinha.

— Não tem problema não saber dançar — disse Irene. — Elizabeth não consegue dançar nem "Macarena".

Levantei o olhar e encontrei o dele.

— Você também não sabe dançar? — perguntou.

Eu, morrendo de vergonha, neguei com a cabeça.

— Está vendo? Não precisa se envergonhar — insistiu Irene.

Alex pensou por um instante e se encheu de coragem.

— Se não se importar de levar umas pisadas... — disse.

CAPÍTULO 12

Ele

Muitas vezes o havia visto por fora, a caminho do centro da cidade, mas nunca, nem em meus mais absurdos delírios, tinha pensado na possibilidade de passar por aquela porta. Mas lá estávamos, Daniel e eu, inimigos de tudo relativo a reggaeton e salsa, atravessando o tablado que serve como pista de dança.

Eram cerca de dez e meia da noite e o lugar ainda estava meio vazio. Irene explicou que não era por falta de clientes, e sim porque as pessoas que o frequentam costumam chegar mais tarde ainda.

— Este é um lugar perfeito para um *after* — disse, erguendo a voz para que pudéssemos ouvi-la acima do escândalo que ali chamavam de música.

E suportar aquele barulho não foi a única coisa chata; também tive que cooperar com cem pesos para que o garçom arranjasse uma mesa para nós. E ainda pior, pelos duzentos pesos – cem meus e cem de Daniel – nos deram um lugar bem no canto, ao lado dos banheiros, pois todos os outros, ao que parecia, estavam reservados.

    Então, subiu um homem no palco. Estava vestindo uma calça cáqui e uma camisa havaiana por fora da calça que não conseguia cobrir toda a sua barriga. O apresentador pegou o microfone e anunciou com bumbo e prato, literalmente, a banda que a seguir subiu a seu lado.

    Assim que começaram a tocar, Irene pegou a mão de Daniel e o arrastou para a pista. Soltei uma gargalhada pois, por um momento, os dois eram os únicos dançando. Meu amigo estava tão ridículo que agradeci o fato de Elizabeth não ser tão intensa como a amiga.

    Passaram-se três ou quatro músicas e o pobre Daniel continuava tentando não tropeçar nos pés de Irene. Eu tentava disfarçar cada vez que Elizabeth olhava para mim, pois sabia que em algum momento chegaria a pergunta terrível que me levaria à mesma sorte.

    No fim chegou. Não direta, mas quase.

    — Não precisamos dançar, se você não quiser — disse ela, dando de ombros.

    Admito que foi por pouco que não aceitei sua proposta. Mas logo pensei que, se fizesse isso, seria lembrado como o estraga-prazeres, e isso não me pareceu tão agradável. Além do mais, pensei se poderia haver alguém ali que me conhecesse, e a possibilidade era nula. Mas, como não queria ir para a forca por espontânea vontade, passei a bola.

    — Só quero se você quiser.

    Então ela me acertou com um sorriso que deixou minhas pernas bambas e quebrou minha resistência. Pegou minha mão e, suavemente, puxou-me para a pista. Àquela altura já havia outros casais dançando, e fiquei aliviado ao saber que pelo menos poderia me camuflar, e assim, minha falta de habilidade não seria tão evidente.

Eu estava perdido, sem nem ideia de por onde começar. Tentei copiar o estilo dos casais à volta, mas um era tão diferente do outro que foi impossível escolher. Elizabeth foi mais habilidosa e logo começou a imitar o casal ao lado. Pegou minhas mãos e as colocou em sua cintura, e depois pôs as dela em meus ombros. Um passo para a frente, outro para atrás, foi só o que pude arranjar.

Sou flexível como um poste.

Sempre achei que não há nada mais ridículo que dançar em público. Mas também pensei que não há nada mais sexy que ver uma garota dançando quando ela faz isso bem. E não é que Elizabeth fosse uma Beyoncé, mas pelo menos não era uma tábua como eu. Ela se mexia ao ritmo da música de um jeito que fazia seus ombros vibrarem e sua cintura remexer. Além do mais, não perdemos o contato visual o tempo todo, o que me manteve sempre à expectativa, como se o momento mais importante da noite estivesse prestes a chegar.

Nunca chegou.

O que chegou foi um pensamento que me fez questionar a autenticidade daquele momento, como se tudo fosse um sonho: qual era a probabilidade de alguém como Elizabeth estar interessada em um sujeito como eu? Nossas diferenças são muito evidentes, basta ver o tamanho de sua casa para perceber. O que vai acontecer quando eu lhe disser que tenho que trabalhar nas férias para poder guardar um pouco de dinheiro?

Chacoalhei os cabelos e resolvi não pensar mais em tudo aquilo e curtir o momento.

Dançamos o tempo todo durante o show da banda tropical. Foi só quando a música parou para a troca de banda que Elizabeth pegou o celular e fez cara de quem viu uma assombração.

— Tenho que ir — disse, pálida.

— Que foi?

— Não me dei conta da hora e é meia-noite.

O tempo voa quando estamos nos divertindo.

— Meus pais vão me matar.

Elizabeth abriu caminho entre as pessoas na pista e chegou a Irene. Disse algo no ouvido dela e saímos dali mais rápido que um trem-bala.

CAPÍTULO 13

Ela

Pedi a Daniel que parasse o carro meio quarteirão antes de minha casa. Alex se ofereceu para me acompanhar até a porta, mas eu recusei para evitar qualquer possibilidade de ser descoberta.

— Espero que tenha se divertido — disse ele.

Seus olhos brilhavam mesmo na escuridão da rua. Queria lhe dizer tantas coisas, mas, naquele momento, com pressa, minha língua travou.

As luzes da casa toda estavam apagadas, com exceção da que ilumina a trilha que chega até a rua. Desejei com todo o meu coração que meu pai não estivesse me esperando atrás da porta.

Já dentro, fui na ponta dos pés do hall ao corredor que leva aos quartos. Foi como se estivesse atravessando uma casa assombrada, temendo que a qualquer momento aparecesse algo apavorante. Quando cheguei a meu quarto, fechei a porta cuidadosamente e respirei. Fiquei imóvel, recostada na cama, só para comprovar que o silêncio era real e que não havia sinal algum de ter sido descoberta.

Então, a porta se abriu e meu coração parou.

— Como foi? — perguntou mamãe, sorrindo.

Suspirei fundo e disse:

— Você quase me matou do coração.

— Isso acontece por não cumprir a hora. Por sorte, seu pai adormeceu às onze e ainda está roncando mais que um urso.

Pelo olhar de mamãe, eu soube que ela não contaria a ele.

— Obrigada, mãe. Foi demais.

Minha cara de felicidade era muito óbvia.

— Fico feliz, querida — mamãe se aproximou e me deu um beijo na testa. — Boa noite.

— Boa noite, mãe.

Quando fiquei sozinha, repassei todo o encontro na cabeça e adormeci pensando em Alex.

Acordei ao meio-dia seguinte. Fazia muito tempo que não dormia tanto. Era como se houvesse tirado anos das costas quando me espreguicei. Levantei com uma fome de dinossauro e fui à cozinha fazer alguma coisa para comer – um sanduíche de pasta de amendoim com geleia de morango, meu favorito.

Mamãe não estava; aos fins de semana ela normalmente vai ao café com suas amigas. Papai também não estava, por sorte. Aos sábados, ele vai ao clube jogar vôlei e só volta à tarde.

Havia acabado de dar a primeira mordida em meu sanduíche quando recebi uma mensagem que me deixou de bom humor.

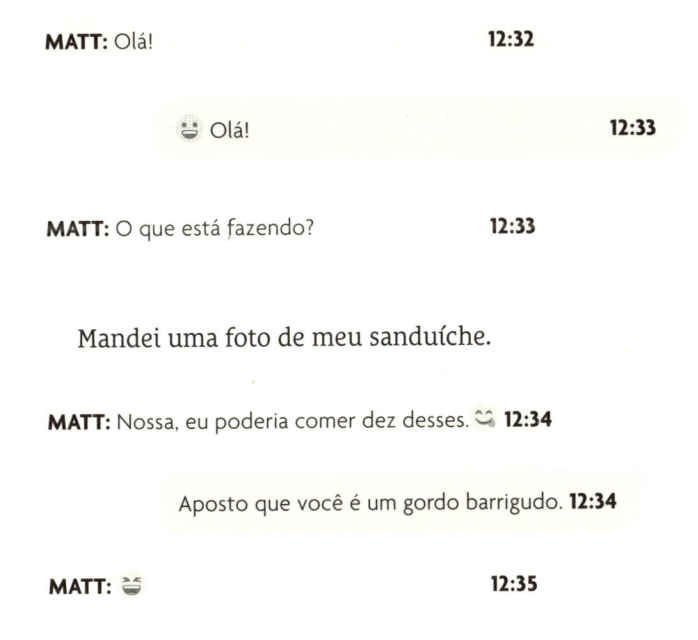

MATT: Olá!   12:32

😁 Olá!   12:33

MATT: O que está fazendo?   12:33

Mandei uma foto de meu sanduíche.

MATT: Nossa, eu poderia comer dez desses. 😋 12:34

Aposto que você é um gordo barrigudo. **12:34**

MATT: 😁   12:35

Ficamos conversando um bom tempo, mas não falamos de como havia sido a noite anterior. Talvez nenhum dos dois quisesse ouvir que o outro havia se divertido. Pelo menos falo por mim.

Nesse momento, recebi uma mensagem de Irene me convidando para ver filmes na casa dela. Não há nada mais prazeroso na vida que ficar jogada no sofá em frente à TV e ver todas as sugestões da Netflix. Ela não precisou perguntar duas vezes.

Combinei de falar com Matt mais tarde porque tinha que tomar banho e essas coisas. Ele se despediu com sua frase de sempre: "Tchau, bonita". O fato de ele me chamar de "bonita" já tinha deixado de ser um problema dias atrás.

Pedi um Uber e cheguei à casa de Irene dez minutos depois. Os pais dela tinham ido passar o fim de semana em uma chácara que eles têm, de modo que éramos livres para fazer o que quiséssemos. E o que queríamos era ficar à toa.

Mas o que prometia ser uma tarde agradável de repente ficou chata quando Ricky apareceu. Ricky é o irmão de Irene e uma das pessoas mais nefastas que existem sobre o planeta Terra. É desses que se acham feitos à mão pelos deuses, só porque tem cabelos louros. A coisa piorou quando ele passou para o terceiro ano do ensino médio – sei disso porque ele também estuda no Instituto Madero. Dá vergonha alheia vê-lo andar pelos corredores, cercado por seus lacaios, fazendo bullying com todos que, por infelicidade, estão um ou dois anos abaixo dele, só porque é o maior da escola.

Além de nefasto, Ricky é mestre em ser intrometido. Sempre, desde que me lembro e frequento a casa de Irene, ele passa o tempo todo tentando se meter em nossas conversas e opinar. Não é segredo para nenhuma de nós que Ricky tem uma fixação por mim. Já me convidou para sair em várias ocasiões e eu sempre disse não. Uma vez, quando eu tinha dez anos e ele doze, saí com Irene no Halloween para pedir doces nas casas da vizinhança. Irene se vestiu de Chapeuzinho Vermelho e eu de vovozinha; havíamos planejado isso com semanas de antecedência. Qual foi nossa surpresa quando Ricky chegou à noite com uma fantasia de lobo mau e se ofereceu para nos acompanhar em todo o percurso?! Irene achou que foi um gesto doce e inocente de seu irmão, mas, para mim, pareceu que ele estava querendo me seguir.

— O que estamos vendo? — perguntou ele, sentando-se ao meu lado no sofá.

Afastei-me para evitar que suas pernas tocassem as minhas.

— Nada que te interesse, saia daqui — disse eu, mostrando meu lado agressivo.

Ele é tão vaidoso e impertinente que acha que só com um olhar e uma levantada de sobrancelha qualquer uma vai cair a seus pés. Tentou isso comigo mais de duzentas mil vezes, mas em vez de me provocar atração, o que me fez foi rir.

— O que está fazendo aqui? — perguntou Irene. — Não ia à casa de Rubén?

Rubén é um dos amigos de Ricky.

— Deu preguiça — respondeu ele, pedante, e pôs a mão em meu joelho.

— Como anda, Eleonora?

Odeio quando ele me chama de Eleonora. Já lhe disse isso várias vezes, mas tenho certeza de que ele faz de propósito. Aposto que pensa que, no fundo, eu acho engraçado. Além do mais, não sei de onde tirou isso, se meu nome nem sequer rima com Eleonora.

— Meu nome não é Eleonora e não vou repetir.

Tirei a mão dele como se fosse uma meia fedida e fui para a outra ponta do sofá.

Não tenho ideia do motivo, mas Irene acha lindo que seu irmão goste de mim e cada vez que ele faz coisas como essa ela diz que ele é brincalhão. Claro que ela sabe que eu jamais me interessarei por ele, e talvez por isso ache divertido. Tenho que ser sincera e dizer que, pelo menos até agora, as tentativas de Rick de chamar minha atenção sempre foram inofensivas.

— Talvez fosse uma boa ideia convidar os meninos — disse eu à minha amiga.

Irene ergueu uma sobrancelha e, com um pulo, já estava em pé.

— Não sei como não pensei nisso antes!

— Quais meninos? Do que estão falando? — retrucou Ricky, o intrometido.

Imediatamente Irene começou a digitar uma mensagem para Daniel.

— Se acha que vou deixar você convidar seu namorado para vir aqui, está muito enganada. Aquela escória do San Marcos não vai pisar o chão desta casa nem ferrando.

— Você nem o conhece! — protestou Irene.

— Nem quero conhecer. Não tem preguiça de andar com um cara desses?

— "Um cara desses"? — repetiu Irene.

— Um merdinha. Dá pra ver até na cor da pele, ele é de outra classe, garota.

— Do que está falando? — perguntou Irene, franzindo a testa.

— Se você não enxerga é porque é cega.

— Seu jeito de pensar era moda em outros tempos, irmãozinho. Não sei se foi avisado, mas mudamos de século há muitos anos.

— Certas coisas não deveriam mudar.

— Que pena que não é você quem decide isso.

— Sou o homem da casa. Se meus pais não estão, eu sou o responsável. E se digo que esse merdinha não entra, não entra.

As palavras dele eram como o zumbido de um mosquito.

— Repito: não foi avisado de que mudamos de século? Ah, a propósito, o namorado de Eli também vem — provocou Irene.

Ricky fez cara de poucos amigos.

— O quê? Você também gosta de trombadinha?

— Não é meu namorado, é só um amigo — desmenti Irene por mero instinto.

— Para efeitos práticos, dá no mesmo, continua sendo um trombadinha.

Depois de ouvir as idiotices de Ricky, decidi fazer o jogo de Irene.

— Mas se ele me pedir em namoro, não vou dizer não — falei, e sorri.

Ricky não aguentou a vontade de dar chilique.

— Já disse, se um *marginal* entrar nesta casa, eu o tiro daqui. Fim de papo.

— Você tem sérios problemas, irmãozinho — disse Irene, e sorriu.

Ricky foi para seu quarto, com raiva.

CAPÍTULO 14

Ele

Daniel me mandou uma mensagem para nos encontrarmos na casa de Irene em meia hora. Mandou a localização pelo WhatsApp e tudo. Corri para tomar uma chuveirada e saí de casa exatamente vinte minutos depois.

Quando cheguei à casa de Irene, quem abriu a porta foi um louro com cara de metido que disse que eu estava no endereço errado. Estava indo embora quando escutei um grito de dentro da casa.

— Entre, não ligue para ele.

Era a voz de Irene.

Com uma cara de poucos amigos, o lourinho se pôs de lado para me deixar entrar.

Do hall se chegava à cozinha, e foi lá que a vi servindo-se de um copo de água da geladeira. Ela estava de costas e não me viu. Fiquei a observando por alguns segundos e me dei conta de que podia passar o dia todo olhando para ela. Mas o feitiço foi interrompido pelo louro que, ao me ver, falou em voz bem alta, como se quisesse que os vizinhos ouvissem.

— O que está fazendo aqui? A sala fica no fim do corredor — disse.

Elizabeth se voltou ao ouvi-lo e, nesse momento, trocamos olhares. Ela sorriu, e para mim foi como se o sol começasse a brilhar.

— Olá.
— Olá.

O louro não se mexeu.

— Este é Ricky, irmão de Irene — disse ela, forçada.

Elizabeth e eu fomos para a famosa sala, e o tal de Ricky foi atrás de nós, como um guarda-costas.

Lá estavam Daniel e Irene, dando um beijo daqueles, mas se afastaram meio metro quando entramos.

— Que saco ficar aqui. É melhor eu ir à casa de Rubén — disse o irmão de Irene. — Varram e desinfetem tudo antes de ir.

Nós quatro franzimos a testa ao mesmo tempo.

O louro desapareceu pelo corredor e não o vimos mais nesse dia.

— Desculpem, meu irmão é estranho — disse Irene, como se tivéssemos exigido uma explicação.

— Não sei por que, mas acho que já o vi antes em algum lugar — disse Daniel, coçando o queixo. — Mas não lembro onde.

— Ricky joga futebol no time do Instituto.

Daniel estalou os dedos.

— Claro, é daí.

— Ricky não é tão ruim, mas se preocupa conosco. Por isso ficou daquele jeito.

Tive que engolir minha discordância, claro, porque não era hora de dizer nada sobre isso.

— O que acham de pedirmos uma pizza e vermos um filme? — perguntou Irene.

Achei uma excelente ideia... até que tivemos que entrar em acordo sobre o filme. Foi ingênuo de minha parte pensar que todos nós gostávamos de filmes de terror ou de comédia. No fim, escolhemos um que mais ou menos agradava a todos.

Durante o filme, foi meio constrangedor ver os pombinhos de mãos dadas, abraçando-se ou se beijando cada vez que o filme ficava chato. Era como comer pão na frente dos famintos. Isso, e o fato de que durante o filme todo fiquei calculando a distância entre minha mão e a de Elizabeth. Pouco a pouco, disfarçadamente, fui me aproximando o máximo possível. Por um momento, fiquei olhando para ela de canto de olho para ver se fazia o mesmo. Mas estava tão interessada na história que aposto que nem notou que minha mão chegou a ficar a milímetros da dela.

Milímetros.

Fui um covarde.

Quando o filme acabou, Irene e Daniel propuseram ver a recomendação seguinte da Netflix que apareceu na tela dos créditos. Obviamente, Elizabeth e eu, que estávamos realmente vendo o filme, argumentamos para trocar por algo mais de nosso gosto. Para nossa surpresa, os pombinhos aceitaram a proposta.

Mas, bem na hora que ia começar, Elizabeth recebeu uma mensagem que cancelou nossos planos.

— Gente, tenho que ir.

— Por quê? — perguntou Irene.

— Vim sem avisar e minha mãe já voltou para casa.

— Posso te levar — disse eu, levantando a mão como se estivéssemos em aula.

Elizabeth aceitou e dois minutos depois já estávamos à porta da rua.

— Desculpe por ter estragado a tarde — disse ela.

— Do que está falando? Claro que não estragou nada.

Quando ela viu minha moto, parou de repente.

— Esta moto é... sua!?

— Sim. Por quê?

Ela hesitou um segundo.

— Nunca andei de moto. Não é perigoso?

— Só se você for entregador de pizza.

Ela sorriu e tomou coragem para subir. Peguei meu capacete do compartimento embaixo do banco e o ofereci a ela, que ajeitou o cabelo e pôs o capacete. Atrapalhou-se para fechá-lo e eu a ajudei. Nossos olhares se entrelaçaram durante o breve instante em que fechei a trava.

Ah, se eu tivesse tido coragem de lhe roubar um beijo...

CAPÍTULO 15

Ela

Passei os braços em volta da cintura dele. Quando arrancou, apertei minhas mãos para não cair para trás. O vento bateu em meu rosto e me escondi atrás do corpo dele.

Quando chegamos à minha casa, ele me ajudou a descer da moto e agradeci com um sorriso. De repente, ele levou as mãos a meu rosto. Por um momento, achei que aconteceria o que eu queria que acontecesse. Fechei os olhos e esperei. Mas, em vez de sentir seus lábios nos meus, percebi que ele só estava soltando o fecho do capacete.

Senti meu rosto ficar vermelho.

— Eu a acompanho até a porta — disse ele.

Assenti e fomos caminhando juntos.

Durante o trajeto, que foram só alguns passos, Alex ficou calado. Fez-se um silêncio daqueles constrangedores, que sabemos que acontecem porque os nervos brincam com nossos sentidos. Eu também fiquei calada enquanto buscava em minha cabeça qualquer assunto que pudesse ajudar a quebrar aquele feitiço.

Nenhum dos dois conseguiu pensar em nada.

Sorrimos mutuamente quando chegamos à entrada de minha casa. Foi quando minha língua destravou.

— Obrigada pela carona — disse eu.

— Foi um prazer.

Hesitei entre abrir a porta ou não, como se soubesse que faltava alguma coisa.

— Eli — disse ele.

— Sim? — Voltei-me.

— Pode me dar seu número?

Alex pegou seu celular e se preparou para anotar.

— Claro — tentei disfarçar a emoção. — Qual é o seu? — perguntei depois de ditar o meu.

— Vou mandar uma mensagem agora para você gravar o meu — disse ele, ainda digitando.

— Tchau — finalmente me despedi e entrei.

Depois de fechar a porta, fui depressa à janela para vê-lo se afastar. Obviamente fiz isso atrás da cortina, para ele não me achar uma *freak*.

Então, escutei a voz de mamãe.

— Eli, é você?

— Sim, mamãe. Já cheguei.

Mamãe me chamou a atenção por ter ido à casa de Irene sem avisar.

— Sorte sua que seu pai ainda não chegou. Você sabe como ele fica de mau humor.

— Papai sempre está de mau humor.

— Você sabe que isso não é verdade — disse ela.

Não pude discutir, pois ela tinha razão. Papai é um ursinho fofo na maior parte do tempo. Desde que não se trate de mim e um garoto, porque aí ele vira um urso raivoso.

Dei meia-volta e fui para meu quarto. Ia ler um livro quando escutei o alerta do WhatsApp. Esperava a mensagem de Alex a qualquer momento, por isso olhei a tela com emoção.

MATT: ☺   17:32

Nesse momento, tive sentimentos contraditórios. Talvez porque não a esperava, mas a mensagem de Matt não me causou tanta emoção. Entendi isso porque hesitei um instante antes de responder.

🌀   17:33

Achei estranho que depois disso Matt não respondeu nada. Também foi estranho não ter recebido uma mensagem ou ligação de Alex para me dar o número dele. Fiquei esperando a tarde toda e nunca chegou. Como uma louca, comecei a pensar nos diversos motivos de ele não ter escrito. Talvez tenha me pedido o número por mero compromisso, para que eu não me sentisse mal. Mas, então, por que me ofereceu carona para casa?

Às vezes, a mente, tão poderosa, funciona contra nós, especialmente quando tentamos adivinhar o que os outros estão pensando.

CAPÍTULO 16

Ele

Saí da escola quinze minutos antes para poder chegar na hora da saída dela à porta do Instituto Madero. Já havia feito isso – digo, esperar na calçada da frente daquela escola – uma vez que gostei de uma garota que estava fazendo intercâmbio.

Os alunos saíram aos montes, de modo que não foi fácil vê-la. Encontrei-a minutos depois, ao longe, descendo as escadas. Estava com a mochila nas costas e um rabo de cavalo que a deixava incrível.

Linda... e sexy.

Comecei a caminhar em direção a ela para interceptá-la de surpresa. Mas a surpresa foi minha quando, de repente, encontrei o tal de Ricky na minha frente.

— O que está fazendo aqui?

Ele não estava sozinho; estava com três amigos, todos com o mesmo jeito metido.

— Como é?

— O San Marcos fica bem longe — disse ele. — Está perdido?

Os quatro estavam com um sorriso esnobe no rosto, desses que dá vontade de apagar com um tabefe. Mas isso não me importava naquele momento; o que me importava era não perder Elizabeth de vista.

— Está surdo? — insistiu ele.

— O que você quer?

— É o que eu te pergunto. O que quer aqui?

— Não é da sua conta.

Nesse instante, percebi que Elizabeth não estava mais diante das escadas. Tentei procurá-la, mas o quarteto não me deixava em paz.

— Uia, o *bad boy* veio cheio de atitude — insistiu Ricky.

Então, cravei meu olhar nele.

— Acha que porque é do San Marcos vai chegar aqui e nos intimidar? — disse ele.

— E você acha que porque está com seus amiguinhos vai fazer o mesmo comigo?

Ricky deu dois passos à frente e aproximou o rosto do meu.

— Não preciso de ninguém, posso quebrar sua cara sozinho.

Quase soltei uma gargalhada.

— Você não é capaz nem de amarrar o tênis sozinho, cara — disse eu. — E chega de me encher o saco, que não vim aqui por sua causa.

— Não me diga que veio buscar Elizabeth!

— E se eu disser que sim, e daí?

Ricky sorriu.

— É sério que não percebe que você não é o tipo dela? Deixe-a em paz. Se acha que ela vai dar bola pra você, é mais otário do que pensei. Se ela sai com você é para passar o tempo e depois contar às amigas como você é ridículo. É como um experimento social.

Eu estava pronto para lhe dar um soco que deixaria o cérebro dele espalhado pelo asfalto, quando uma voz nos interrompeu.

— Ricky, o que está fazendo?

Irene estava parada atrás de seu irmão.

— Saia daqui, isto é coisa de adultos.

— Estamos no ensino médio, não encha o saco — disse Irene. — Que negócio é esse de "coisa de adultos"?

Ri alto.

— Já sei quem ficou com o cérebro na família.

Ricky ficou mais vermelho que um tomate. Agora era ele quem estava prestes a me socar; vi isso pelo tique em seus olhos e pelo jeito como seus dedos tremiam.

— Ande, sei que você quer fazer isso — disse eu.

Irene abriu caminho entre seu irmão e os amigos dele e ficou ao meu lado. Ricky não teve opção senão se segurar.

— Se voltar aqui vai levar uma surra, otário. Não estou brincando — disse ele na minha cara.

Então, Ricky e seus amigos caíram fora e fiquei sozinho com Irene.

— Desculpe — disse ela. — Meu irmão não é ruim, é que...

— Não se preocupe, eu entendo — disse eu.

— Está procurando Eli?

— Sim.

— Já foi. Ela volta para casa com a van da escola. Para na esquina da casa dela. Se correr, talvez a alcance — disse ela, e sorriu.

Agradeci e me despedi.

Em outras circunstâncias, eu teria subido na moto e acelerado para poder interceptá-la antes que chegasse à sua casa, mas Ricky e seus amigos me deixaram com um mau humor tão grande que achei melhor ir direto para a minha casa.

Naquele dia, pela primeira vez em muito tempo, não almocei e fui direto para o meu quarto. Fiquei recostado na cama com os fones de ouvido no volume máximo.

Ricky havia dito uma coisa que ficou rodando em minha cabeça e me fez pensar duas vezes antes de ligar para ela. Talvez ele tivesse razão ao dizer que Elizabeth não daria bola para alguém como eu. Por um segundo, considerei a possibilidade de que ela estivesse mesmo brincando comigo. E talvez Irene estivesse brincando com Daniel. Por que outra razão duas garotas como elas perderiam tempo saindo com dois sujeitos como nós?

De repente, fiquei ansioso. Queria ter uma resposta, mas não havia como conseguir uma de imediato. Nem ferrando que eu ligaria para ela para perguntar. Então, pensei que, se falasse com Daniel, talvez nós dois juntos pudéssemos chegar a uma conclusão. Quase liguei para ele, mas, de repente, lembrei-me de que havia uma opção melhor para quem eu poderia pedir ajuda.

CAPÍTULO 17

Ela

MATT: O que está fazendo? 18:09

Ler a mensagem de Matt me arrancou um sorriso.
Contei que estava mais entediada que nunca e começamos a conversar. Não que se possa perceber muito quando se conversa por mensagem de texto, mas, por alguma razão, achei que ele estava diferente. Como se estivesse triste.

Que foi? 18:20

MATT: Hein? 18:21

Estou achando você diferente. Aconteceu alguma coisa? 18:21

Levei duas mensagens para convencê-lo a me contar o que estava acontecendo. Ele negou no início, mas depois, com a pergunta que me fez, entendi que seus problemas eram existenciais.

MATT: Você já sentiu vergonha de quem é? **18:29**

Sua pergunta foi tão difícil que levei alguns segundos para digeri-la.

> Você fez algo errado? **18:32**

Perguntei sem ter ideia do que ele ia responder.

MATT: Não me expliquei bem. Não tenho vergonha de mim, nem de algo que tenha feito. Mas... **18:33**

Continuou digitando, e eu esperando para ler sua resposta.

MATT: Esqueça o que eu disse. É melhor mudarmos de assunto. **18:34**

Me deixou igual a quando vejo o final de temporada da minha série favorita.

> Aproveite que tem a oportunidade de conversar com alguém que jamais vai julgar você. **18:34**

Minha mensagem fez nossa conversa prosseguir.

MATT: Comecei mal. Não tenho vergonha de quem sou. Mas o que acontece quando quem somos não é suficiente? **18:35**

> Suficiente? **18:35**

MATT: Suficiente para outra pessoa. **18:36**

Tive que pensar um pouco antes de responder. O que ele descrevia era exatamente como eu me senti em algumas ocasiões. Às vezes, pensar coisas é muito fácil, mas aplicá-las à realidade nos faz hesitar.

> E como você sabe que não é suficiente?
> Alguém já lhe disse isso? **18:34**

Obviamente, concluí que ele estava falando de uma garota. De quem mais?

MATT: Não. **18:34**

> Então, por que está se sentindo assim? **18:35**

Dessa vez foi ele quem demorou para responder.

MATT: Não sei. **18:36**

> Às vezes, achamos que adivinhamos o que o outro está pensando, ou nos deixamos levar pelo que os outros dizem. Mas, por minha experiência, na maioria das vezes estamos enganados. Acho que se ninguém lhe deu razão para pensar assim, não deveria pensar. **18:37**

MATT: Mas somos tão diferentes... passados diferentes, presentes diferentes... **18:38**

De repente, eu parecia uma conselheira sentimental, dando conselhos a Matt para ficar bem com uma garota. Isso me provocou sentimentos contraditórios. Por um lado, eu me sentia bem por poder ajudá-lo. Por outro, sentia – se é que posso dizer assim – uma espécie de ciúme ao saber que ele estava interessado em outra pessoa. Mas por que sentia isso se nem sequer nos conhecíamos pessoalmente? E muito menos havíamos falado em termos românticos.

Talvez você só ache que são diferentes, mas a realidade não é essa. **18:38**

MATT: Sim, somos diferentes. **18:39**

Podia quase jurar que ele estava exagerando as coisas.

Talvez ela não o veja assim. São diferentes como? **18:40**

MATT: Não quero que pareça dramalhão de novela, mas, para começar, o círculo social dela é diferente do meu. **18:40**

😆😆😆 E daí? **18:41**

MATT: Não acha isso algo importante? **18:42**

Me diz uma coisa: você faz malabarismo com bolinhas nos semáforos? **18:43**

MATT: 😛 😁 Não, claro que não. A coisa não é tão trágica. **18:44**

> Ela vive em um palácio com torres, carruagens e essas coisas? **18:44**

MATT: 😁 Não. **18:44**

> Então as diferenças estão em sua cabeça. **18:45**

MATT: Está dizendo para eu deixar de frescura e arriscar a dar o passo? **18:45**

> Estou dizendo que, para algumas coisas, as mulheres não são tão complicadas como os homens acham. Quando estamos interessadas em alguém, deixamos as intolerâncias de lado e aceitamos qualquer proposta por parte da pessoa. Além disso, deixamos bem evidente quando gostamos de alguém. Os sinais são bem claros; bem, pelo menos falo por mim. Se prestar atenção, você vai perceber. **18:46**

MATT: Do que está falando? **18:47**

> Quando estiver com a garota, repare nas mãos dela. Se ficar brincando com elas, é porque está nervosa. Talvez não nervosa, mas meio ansiosa. Esse é um claro sinal de que sua presença provoca algo nela. Repare também se fica arrumando o cabelo. Se estiver interessada em você, vai querer mostrar seu melhor lado, e o cabelo é uma parte importante para isso. **18:47**

MATT: Sempre achei que essas coisas eram bobagem.
18:48

Hahaha. Tudo tem uma razão. **18:48**

A conversa durou um bom tempo. Já era tão habitual falar com ele que eu sentia uma conexão especial que jamais havia tido com ninguém. Bem, talvez com Irene, mas, mesmo assim, nossa conexão é diferente. Conversamos tão à vontade que, quando me dei conta, já haviam se passado horas.

😨 Nossa, você viu a hora? Amanhã tenho prova e não estudei nada. **21:20**

MATT: Nossa, como o tempo passou! Desta vez exageramos, hahaha. **21:20**

Até. 👋 **21:21**

MATT: Tchau, bonita. **21:21**

CAPÍTULO 18

Ele

Haviam se passado duas semanas desde a última vez que encontrei Elizabeth. Oportunidades para vê-la não tinham faltado, já que Daniel agora vive na casa de Irene. Também não consegui decidir se ligava para ela ou mandava mensagem. Agora que penso nisso, não me lembro de nenhuma razão em específico para não a ter procurado.

Naquele dia, fui ao Plaza Arboleda. Haviam acabado de abrir uma loja da Harley-Davidson que estava contratando, e eu estava justamente procurando uma oportunidade de trabalho para o verão. Andando pelo shopping, fiquei observando todas as garotas e imaginando qual delas poderia ser Fabiola, já que ela passava as tardes naquele lugar. Foi quando passei em frente à Zara e dei de cara, quase trombei, com Elizabeth.

No instante em que nossos olhares se cruzaram, notei sua cara de surpresa.

— Alex!?
— Tudo bem? — perguntei.
— Bem, e você?
— Bem também.

Estava mais linda que nunca, corada, com os lábios sutilmente pintados de vermelho. Percebi um leve aroma de chiclete de hortelã. Então, me dei conta de que havia sido uma bobagem não falar com ela todo esse tempo.

— O que está fazendo por aqui? — perguntou ela.

Falei sobre minhas intenções de procurar um emprego para o verão, de preferência na loja de motos.

— Pagam bem e, além disso, fico com tempo livre.

— Que legal! — disse ela. — E mais ainda porque você trabalharia com o que gosta.

— E você, o que está fazendo?

Ela disse que estava lá para pegar um vestido que havia comprado pela internet. Era o vestido que pretendia usar no baile de fim de ano da escola.

— Ainda faltam algumas semanas, mas não custa nada ser precavida. Se eu não gostar, devolvo, peço outro e pronto.

— Você planeja bem as coisas — disse eu, e sorri.

— Como qualquer garota moderna.

Em minha cabeça, eu não parava de me perguntar quem ela teria convidado para essa festa de fim de ano da escola, se é que já havia chamado alguém. Daniel já havia sido convidado por Irene. Se bem que não dá pra comparar, porque eles já namoram oficialmente e não se desgrudam nem para ir ao banheiro.

— Nunca recebi sua mensagem — disse ela de repente.

Falou em tom gentil e divertido, mas com certa intenção.

Não posso negar que me deixou um pouco sem jeito.

— Qual mensagem?

— Aquela que você disse que ia me mandar para eu gravar seu número, quando eu passei o meu lá na porta da minha casa.

Que estranho, pensei. Se bem me lembrava, naquele dia eu mandara um oi e ela respondera. Tinha certeza.

— Claro que sim — respondi, e peguei meu celular para provar.

— Não se preocupe, não precisa me mostrar. Talvez eu não tenha visto... — sorriu.

— Mas é que tenho certeza de que...

— Então mande de novo e pronto — disse ela. — Estou de saída, minha mãe está me esperando no carro. Foi um prazer vê-lo.

Então, deu meia-volta e foi embora. Eu a segui com o olhar até que ela se perdeu entre as pessoas.

Com o celular na mão, comecei a procurar na lista de mensagens do WhatsApp, para pelo menos ter certeza de que não estava tão mal de memória e havia sim mandado meu número para ela. Enquanto fazia isso, uma coisa me chamou a atenção. Um pouco à minha frente, a uns vinte metros, em uma loja de videogames, estava Ricky, acompanhado dos mesmos três idiotas que me abordaram na entrada da escola.

Comecei a observá-los. Segundos depois, notei que Ricky e seu bando estavam tentando roubar dois jogos de Xbox. Achei uma idiotice, pois tenho certeza de que nenhum deles precisa roubar nada e que, se quisessem, poderiam pagar por qualquer coisa que houvesse naquela loja.

A estratégia deles nem sequer era muito inteligente. Enquanto um deles distraía o vendedor da loja perguntando qualquer bobagem, os outros dois passavam o produto de mão em mão até chegar a Ricky, que, por sua vez, o escondia debaixo da camiseta, não sem antes, claro, retirar o alarme com uma espécie de desarmador que tinha consigo. Era tão ruim a estratégia que parecia que queriam ser pegos em flagrante. Fiquei surpreso ao ver que Ricky já tinha dois jogos embaixo da camiseta e o vendedor nem percebia. Então, decidi que talvez fosse uma boa ideia ir à loja para ver as novidades.

— Com licença... qual é a diferença entre um jogo novo e um usado? — perguntei em voz alta.

O vendedor, Ricky e os outros três me olharam de imediato.

No momento em que Ricky me reconheceu, entendeu quais eram minhas intenções. Notei porque ele ficou nervoso e tentou devolver os jogos. Mas não conseguiu, porque o vendedor se aproximou para responder à minha pergunta.

— Os jogos usados têm garantia de uma semana. Se der qualquer defeito, trocamos por outro. Basta apresentar a notinha.

— Muito obrigado — disse eu.

Só faltou sair fumaça pela cabeça de Ricky de tão furioso que estava. Não tirou os olhos de mim nem meio segundo. Então, fiz minha travessura.

— Ei, amigo, o que tem aí? — e apontei para Ricky, enquanto o vendedor olhava para ele.

— Não sei do que está falando — disse Ricky.

— Esse volume aí embaixo de sua camiseta.

Ricky ficou tão nervoso que o vendedor, apesar de ser meio distraído, arregalou os olhos e se aproximou imediatamente do rapaz.

— Pode levantar a camiseta, por favor?

— Eu? Por quê? — disse Ricky, sem tirar os olhos de mim.

Nesse exato momento, e para minha diversão, passou um segurança do shopping.

— Segurança! — gritou o vendedor de videogames.

— Não tenho nada aqui! — disse Ricky, furioso.

O vendedor sentiu confiança depois que o segurança entrou na loja e levantou a camiseta de Ricky. Eu tinha visto mal: não havia dois jogos ali, e sim quatro.

— Filho da mãe! — disse, e veio para cima de mim.

Mas não conseguiu dar nem um passo antes de o segurança derrubá-lo no chão.

Seus amigos se fizeram de desentendidos e saíram da loja para evitar ser identificados como o que eram: cúmplices.

— Eu não estava roubando, estava juntando para passar no caixa para pagar — explicou Ricky, deitado de barriga para baixo no chão.

— Ah, é? Então por que estão sem o alarme? — perguntou o vendedor.

Com isso, encerrou-se a investigação.

— Vou falar com a polícia — ameaçou o segurança.

— Pare com isso, eu não estava roubando — prosseguiu Ricky.

No instante em que conseguiu levantar o olhar, ele me encarou. Eu sorri e me despedi dele com um aceno.

— Você vai se ferrar, juro — disse ele entre os dentes.

E assim, saí da loja. Meu sorriso já não cabia no rosto. A cena foi tão gratificante que a única coisa que poderia ter sido melhor seria que Daniel estivesse comigo para curtir também. Tenho certeza de que ele ia morrer de rir.

Na saída da loja, encontrei os amigos de Ricky. Os três me encararam com um olhar matador, ameaçando-me com as pupilas. E me despedi deles com o mesmo aceno.

CAPÍTULO 19

Ela

Depois de experimentar o vestido outra vez e desfilar diante do espelho do meu quarto, como se o da loja não tivesse sido suficiente, e tirar várias selfies de todos os ângulos possíveis, pendurei-o em meu closet, longe de tudo, para que não amassasse. Era tão lindo!

Naquela mesma tarde Irene me ligou para contar o que Alex havia feito com Ricky. Ela estava brava, claro. O tempo todo ficou acusando Alex de ser um ingrato, de passar dos limites. Já havia me contado o que tinha acontecido em frente à escola, quando Alex foi me buscar, mas, para ela, isso não era desculpa suficiente para agir daquele jeito contra o irmão dela. Não pude evitar me sentir quase eufórica quando ouvi todos os detalhes. Segundo Irene, os pais dela tiveram que ir à delegacia para evitar que Ricky fosse fichado por roubo.

Eu adoraria ter visto isso.

Ela disse que Ricky estava furioso e que havia jurado se vingar de Alex. Obviamente, a primeira pessoa a quem contou tudo foi Daniel, para que avisasse o amigo para ter cuidado. Também disse para eu nem pensar em convidá-lo para a festa de fim de ano da escola, porque Alex era problemático. Eu disse que ainda não havia decidido quem convidar.

De repente, fiquei aflita pelo fator pressa. É que, até aquele momento, não havia pensado no assunto de ter que ir acompanhada ao baile. Havia pensado em tudo, menos nisso. E não podia convidar ninguém da classe, porque, juntando todos os garotos da sala, não dava um. Normalmente, o que as garotas do primeiro ano fazem é convidar os garotos do terceiro da mesma escola. Eu não conhecia ninguém desse ano, exceto Ricky e seus amigos e, nesse caso, preferia pular de uma ponte a me rebaixar tanto.

Então, tive vontade de esquecer tudo e passar o tempo com algo mais divertido.

19:37

Tantas coisas me passaram pela cabeça, inclusive a ideia de considerá-lo uma opção para me acompanhar ao baile. Gostava de pensar que, se não existisse o anonimato entre nós, Matt poderia ser o garoto perfeito para mim. Mesmo que não fosse tão bonito quanto Alex.

MATT: Tudo bem? 19:39

Como de costume, Matt e eu começamos a conversar sobre tudo e nada ao mesmo tempo. Qualquer assunto, por mais bobo que fosse, se estendia por vários minutos conosco.

Então, sem prévio aviso, eu me surpreendi com uma pergunta que me fez estremecer.

MATT: Não acha que já é hora de nos conhecermos pessoalmente? **20:26**

Não respondi de imediato. Esperei que ele escrevesse outra mensagem dizendo que era brincadeira.

MATT: Estou falando sério. Depois de todo esse tempo, já não vejo razão para continuar enrolando. Você é uma das pessoas mais interessantes que "não conheço". **20:27**

Soltei uma gargalhada.
Senti um anseio nos dedos para responder imediatamente. A verdade é que eu tinha tanta vontade de conhecê-lo que só estava esperando que ele me convidasse para valer. Adiar nosso encontro já não fazia sentido.

Eu adoraria. **20:30**

MATT: Está falando sério? **20:30**

Sim. **20:30**

Então combinamos de nos encontrar na sexta à tarde no Plaza Arboleda, na praça de alimentação. Quando lhe perguntei como poderia reconhecê-lo entre as pessoas, ele disse para eu não me preocupar.

Mas como vamos saber? **20:53**

MATT: Sinto que a conheço tanto que só de vê-la vou saber. E você também. **20:54**

Eu não concordava com essa teoria, porque, por mais que o tivesse imaginado todo esse tempo, não tinha ideia de como podia ser na realidade.

E se, quando me vir, eu não for o que você esperava? **20:56**

MATT: Eu poderia lhe perguntar a mesma coisa. **20:57**

Para evitar uma situação constrangedora, decidimos fazer um acordo. Combinamos que ele usaria o boné de seu time de beisebol favorito e eu levaria meu livro preferido. Assim, não restaria nenhuma dúvida.

CAPÍTULO 20

Ele

Daniel me ligou para falar do que havia acontecido com o irmão da namorada dele, Irene. Contou que havia sido um escândalo e que sabia que Ricky e seus amigos andavam atrás de mim para se vingar. Disse que a coisa não seria preocupante se ele não soubesse das intenções de Ricky de me pegar com o bando todo. Eu disse a ele que não me preocupava.

Minha preocupação era saber se conseguiria o emprego na loja de motocicletas do Plaza Arboleda. Minhas economias do verão anterior já haviam quase desaparecido e os dois meses seguintes eram a oportunidade perfeita para encher o cofrinho. Dois meses inteiros de salário sem nenhum gasto considerável caem muito bem.

Além do mais, se estava ansioso por alguma coisa era pelo encontro com Fabiola naquela mesma sexta. Passaram por minha cabeça todos os cenários possíveis, desde que ela não iria ao encontro até que seria alguém totalmente diferente de como eu a havia imaginado. Se pelo menos fisicamente pudesse se parecer com Elizabeth, as coisas seriam perfeitas.

E falando de Elizabeth, a verdade era que eu não conseguia encontrar um motivo bom o suficiente para não convidar ela para sair. Gosto dela, e tenho certeza de que ela também gosta de mim. Foi ótimo aquele *date*. Por isso, decidi vê-la no dia seguinte, na saída da escola.

Assim como da vez anterior, encontrei-a ao pé da escada. Estava com a mochila no ombro e o cabelo em um rabo de cavalo. Ela seguiu pela calçada até o ponto da van e foi ali que a interceptei. Fui recebido com um sorriso, daqueles lindos que ela tem.

A luz do sol batia diretamente no rosto dela e acentuava o verde de seus olhos.

— Olá!

— O que está fazendo aqui? — perguntou, erguendo a sobrancelha esquerda.

Fiquei impressionado, ela estava sexy demais.

— Posso levá-la para casa?

Por um segundo, ela olhou para a van e se decidiu de imediato.

— Vamos.

Olhei em volta só para descartar a possibilidade de que Ricky estivesse por perto e pudesse estragar minha tarde com uma emboscada. Não o encontrei em lugar nenhum.

Chegamos à minha moto e lhe ofereci o capacete, como da vez anterior.

— Pronto — disse ela depois de fechá-lo.

Peguei-a pela cintura e sentei-a na garupa.

— Não precisamos ir direto para casa, se não quiser — disse eu.

— O que tem em mente?

— Não sei, podemos dar uma volta.

Ela pensou um pouco.

— É uma boa ideia.

Passamos a tarde percorrendo as ruas do centro da cidade. Eu já havia passado por ali uma infinidade de vezes, mas nunca as havia apreciado como naquele momento. Paramos na praça Magna, bem em frente à fonte de las Garzas. Ali nos sentamos, com as calças arregaçadas, mexendo os pés descalços na água.

O Elotero Cantador, um homem famoso porque canta enquanto prepara um *elote* no copo, passou por nós. Ele canta o que a pessoa pedir e, se não souber a letra, inventa. Esse homem é uma tradição, está há mais de vinte anos no mesmo lugar. Cantou uma música para nós que eu jamais havia escutado, e tenho certeza de que a tirou da manga; chamava-se *Los tórtolos* [Os pombinhos]. Não sei quem ficou mais envergonhado, Elizabeth ou eu.

Depois da serenata improvisada, caminhamos um pouco pela esplanada. Conversamos tão à vontade que o tempo passou em um piscar de olhos, e quando nos demos conta, já eram seis da tarde. Elizabeth me pediu que acelerasse na volta à sua casa, e assim o fiz.

Ela pulou da moto e correu para a porta. Fui atrás dela e a alcancei antes que chegasse à varanda.

— O que vai fazer amanhã à noite?

Ela se surpreendeu com minha pergunta.

— Amanhã é quinta-feira?

— Sim.

— Nada. Estudar para as provas finais. Por quê?
— Queria que fosse comigo a um lugar.

Ela olhou para a porta, como se soubesse que alguém a observava. A seguir, olhou-me diretamente nos olhos.

— Aonde?
— É um lugar muito especial para mim. Um lugar que eu gostaria que você conhecesse comigo.
— Não posso sair durante a semana, meus pais não deixam — deu de ombros e baixou o olhar.
— E se der uma fugida?
— Esse lugar deve ser muito especial mesmo — ela disse, e sorriu.
— É meu lugar favorito no mundo todo.
— Não posso fugir, seria impossível — respondeu com um leve sorriso. — Mas posso tentar convencer minha mãe a me deixar sair com a promessa de voltar cedo.
— Se eu passar para pegá-la às oito, posso trazê-la de volta às onze e meia. O que acha?
— Legal, assim me dá mais poder de negociação.
— Então... combinado?
— Sim, combinado.

Eu queria dar uns pulos.

— Legal. Até amanhã.
— Até amanhã — disse ela.
— Tchau, bonita.

De repente, ela ficou branca.

— O que você disse?

Fiquei confuso.

— Disse até amanhã.
— Não isso. O outro.
— Tchau, bonita?
— Sim, isso! Por que disse isso?

Sua pergunta me pareceu tão estranha que não encontrei razão alguma para sua reação.

— Não entendi...

— Por que usou essas palavras? — insistiu.

— Não sei, simplesmente saiu. Por que está me perguntando isso?

Ela ficou olhando para mim com estranheza e, depois de alguns segundos de transe instantâneo, voltou ao normal.

— Não, por nada — disse, sacudindo de leve a cabeça. — Esqueça. Até amanhã.

— Até amanhã.

CAPÍTULO 21

Ela

Fechei a porta atrás de mim e me encostei nela por alguns segundos. *Deve ser coincidência*, pensei. *Muita gente usa as mesmas frases. Afinal, essa expressão não é característica de alguém em particular. Será?*

Depois de calcular as probabilidades, percebi que minha cabeça estava brincando comigo e que não poderia existir nenhuma relação entre... eles.

Seria mais provável ganhar na loteria. Era impossível.

Mais tarde, recebi uma mensagem no WhatsApp de um número desconhecido. Um simples oi. Não dei atenção, até que recebi outra mensagem. Então, tive a péssima surpresa de que Irene havia passado meu número ao irmão, Ricky.

Que tragédia!

Não importa quão eloquente ou simpática uma pessoa seja, quando não vamos com a cara dela, não há como vê-la diferente. Ricky tentou puxar uma conversa até certo ponto decente, mas eu lhe dei menos atenção que a uma propaganda política. No fim, ele me perguntou se eu já tinha quem convidar para a festa de fim de ano e deixou claro que, se não tivesse ninguém, ele poderia me acompanhar feliz da vida. Eu preferia não ir ao baile a convidar Ricky. Mas claro que não disse isso a ele.

Em vez disso, agradeci a oferta e disse que já tinha com quem ir. Isso, obviamente, era mentira. A primeira coisa que ele fez foi perguntar o nome do convidado, mas me recusei categoricamente a responder. Ele tentou adivinhar e me perguntou se Alex – a quem chamou de *merda*, *idiota* e outras coisas mais – era o sortudo. Insisti que não ia revelar nada e, então, ele se cansou e parou de mandar mensagens.

Graças aos Céus.

No dia seguinte, no colégio, Ricky veio falar comigo no segundo intervalo. Sua atitude era diferente, era óbvio que estava aplicando aquela técnica que todo mundo usa quando quer mostrar um lado que não condiz com a realidade. Parece que se esqueceu de que o conheço desde que eu tinha dez anos e que sei como ele é na vida real.

— Por que não quer me dizer quem convidou?

— Não tenho por que dizer.

Então, em um breve momento de desespero, mostrou sua verdadeira face.

— Sabia que todas as garotas da sua turma morrem de vontade de me convidar?

— Não, não sabia — respondi.

— Então, por que se faz de difícil?

— Não me faço de difícil, pelo contrário. Eu é que prefiro que você não continue insistindo e que me deixe em paz.

Em questão de segundos, seu rosto ficou vermelho de raiva.

— Pois estou avisando — disse ele entre os dentes —, se o convidar, ele vai levar uma surra que jamais esquecerá. Ele me deve uma, e vou cobrar.

Limitei-me a ouvi-lo e a me fazer de sonsa.

Quando Ricky foi embora, fiquei pensando no que ele acabara de dizer. O cara é tão imbecil que é capaz de cumprir suas ameaças. Mas eu estava me antecipando, pois ainda não tinha decidido quem convidar para o baile e não convidaria ninguém antes do fim de semana; só depois de conhecer Matt pessoalmente. Se ele fosse tão bonito quanto Alex, eu não teria escolha.

Irene chegou minutos depois para perguntar o que o irmão havia dito.

— Não ligue para ele — disse —, convide quem quiser.

— Não acha mais que não é uma boa ideia convidar Alex?

Irene disse que, a julgar por tudo que Daniel lhe contara, Alex era praticamente um santo, um cara legal.

— Além do mais, se você gosta do Alex, não vejo por que não aproveitar a oportunidade. Essa festa só acontece uma vez por ano.

— Ainda não tenho certeza.

Irene arregalou os olhos.

— Certeza de quê? — quase gritou. — Há mais alguém na parada?

Baixei o olhar, tentando não o cruzar com o dela.

— Sua pilantra — riu. — O que eu deveria saber que você não me contou?

— Nada.

— Então?

Avaliei por alguns segundos se devia ou não contar a ela sobre Matt. Irene é minha confidente desde sempre, mas não sei, por alguma razão, até aquele momento eu não havia dito nada sobre meu amigo anônimo. Talvez tivesse medo de que, se eu contasse, ela me achasse uma boba. Quem mais estabelece um relacionamento anônimo com um cara que mandou mensagem para o número errado às duas da manhã?

Irene insistiu tanto que me preparei para contar tudo. Mas bem quando comecei, tocou o sinal e o assunto ficou em suspenso.

— Dessa vez você não escapa; daqui a pouco vai me contar tudo, até o último detalhe.

Soltei uma gargalhada e disse que sim para poder voltar à sala tranquila.

CAPÍTULO 22

Ele

Saí de casa dez minutos antes da hora que havia combinado de buscá-la. Parei em frente à casa dela, do outro lado da rua, e fiquei ali por alguns segundos ajeitando o colarinho da camisa. Então, fui até a porta, nervoso. Esperei o relógio marcar oito em ponto e toquei a campainha.

Atendeu uma mulher elegante, de porte distinto.

— Boa noite — disse ela. — Você deve ser Alex.

— Sim, senhora.

— Entre. — Ela pôs-se de lado para me dar passagem. — Elizabeth não vai demorar.

Esperei no hall. Segundos depois, apareceu o pai. Passou de um lado a outro do corredor, mas em nenhum instante se virou para me cumprimentar.

— Não ligue para ele — disse a mulher, de bom humor. — Vai ter que começar a se acostumar com isso.

Então, escutei passos descendo a escada. Ergui o olhar e meus olhos a viram. Estava mais linda que nunca, se é que isso era possível. Usava um vestido de seda chumbo que chegava até os joelhos. Seu cabelo solto, liso, tão brilhante quanto o vestido, cobria seus ombros. Estava deslumbrante.

— Olá — disse ela, e quando escutei sua voz, perdi o fôlego.

— Você está... muito bonita — disse eu, sabendo que isso era pouco.

— Obrigada.

— Já pode me dizer aonde vamos?

— Se eu disser, vou estragar a surpresa. Quero que você veja com os próprios olhos — respondi.

— Nem um segundo depois das onze e meia, meninos — sentenciou a mãe dela.

— Nem um segundo, senhora. Não se preocupe.

— Divirtam-se.

A fila para entrar no Grayskull chegava até metade do quarteirão; as noites de quinta são as mais movimentadas. Por isso, aproveitei meus contatos e entramos pela porta dos fundos. Assim que me viu, Thor me deu um abraço, como sempre.

— Quem é essa princesa? — disse, surpreso ao ver Elizabeth.

— Muito prazer — sorriu ela, corada.

Thor beijou a mão dela, reafirmando que a garota diante dele, em sua opinião, era da realeza. A seguir, tirou um cartão do bolso do paletó e o entregou a ela.

— Este é meu número pessoal. Não hesite em me ligar se um dia precisar de alguma coisa, senhorita, seja o que for. Combinado?

Elizabeth me olhou, sorrindo, e então assentiu, aceitando a amizade de Thor.

— Com uma condição — disse ela.

— A senhorita é quem manda.

— Que nunca mais me chame de senhorita.

— Feito — Thor sorriu e nos deu passagem. — Divirtam-se.

Dali ouvimos o doce som de um solo de guitarra.

— O que achou? — perguntei quando chegamos à área principal, onde havia uma espécie de tablado que servia para ficar perto das bandas que tocavam no palco.

— É... diferente — ela olhou em volta, curiosa. — Do que você gosta tanto aqui?

— Da música.

Ela me olhou com um meio-sorriso.

— Só isso?

— Quando venho a este lugar, me sinto livre, como se o mundo fora destas paredes não existisse.

— Tenho que admitir que não é ruim — concordou ela, ao ritmo da melodia.

Peguei-a pela mão e a levei até nossa mesa, a mesma que Daniel e eu ocupamos sempre que vamos ali. Imediatamente chegou Armando, o garçom que normalmente atende aquela área, e perguntou o que queríamos beber.

— Tem limonada natural?

Armando a olhou como se esperasse que isso fosse uma brincadeira. Acho que jamais, em toda a história do Grayskull, alguém pediu uma limonada.

— Duas limonadas naturais, por favor — disse eu.

— É pra já, Alex — respondeu Armando.

Eu não sou arrogante. Também não sou tímido. Mas, por alguma razão, diante dela estava complicado encontrar as palavras. Isso nunca me aconteceu com nenhuma garota. Nem nunca estive nessa situação – digo, estar com uma garota como Elizabeth. Por sorte, nesse tipo de lugar ninguém precisa conversar tanto; na verdade, é até difícil.

A banda seguinte subiu ao palco. Tiempo Perdido, um grupo de rapazes que estão juntos há vários anos e tocam covers como se houvessem nascido para isso. É dessas bandas que, quando aprenderem a compor as próprias músicas, serão um enorme sucesso.

— Tocam muito bem — disse ela enquanto os observava.

Minha atenção, naquele momento, estava em outra coisa. Meus olhos estavam grudados na textura da mão dela, que descansava em cima da mesa.

Agora estou lembrando... não sei exatamente como nem quando aconteceu, mas ela pegou minha mão e a segurou enquanto assistíamos ao show.

Nesse momento, eu soube que poderia ficar assim a vida toda.

CAPÍTULO 23

Ela

Peguei a mão dele porque queria deixar claro o que estava sentindo. E porque sabia que, se eu não tomasse a iniciativa, ele jamais tomaria.

Nossas mãos se encaixaram como peças de Lego.

Entrar no mundo de Alex foi fantástico, pois conheci um lado dele que curti demais. Ele tem suas paixões, e isso o faz ser autêntico. Mas, diferentemente da primeira vez que saímos, dessa vez o achei um pouco mais calado. Ou talvez eu esteja exagerando e tenha sido o lugar que nos impediu de conversar como na outra ocasião. De qualquer maneira, naquele momento eu soube que era ele, e só ele, que eu queria a meu lado na festa de fim de ano da escola.

Contra a minha vontade, encerramos a noite cedo. É que, ao contrário do que eu poderia imaginar, foi ele quem insistiu para que não nos atrasássemos, uma vez que havia se comprometido com minha mãe.

Quando me levou até a porta, eu soube que era o momento certo.

— Adorei a noite — disse eu.

— Eu também. Obrigado por me acompanhar.

Sem perceber, estávamos com ambas as mãos dadas.

Então, falei:

— Daqui a duas semanas será a festa de fim de ano da escola, e eu queria saber se gostaria de ir comigo. Será um jantar dançante no salão do hotel Intercontinental.

Mesmo sabendo qual seria sua resposta, fiquei meio nervosa quando o convidei.

— Eu adoraria — disse ele, me olhando nos olhos.

Meu corpo e o dele se aproximaram, movidos pela lei da atração. Chegamos tão perto um do outro que senti sua respiração em meus lábios. Se não fosse pela luz da entrada que se acendeu de repente, tenho certeza de que essa teria sido a noite do meu primeiro beijo.

Fui para meu quarto assobiando, não tão alto, claro, para não incomodar ninguém. Estava mais contente que nunca, e convicta de que havia tomado a decisão certa convidando-o para a festa. Alex era, sem dúvida, o garoto que eu queria a meu lado em um momento como aquele.

Decidi que, em respeito à nossa amizade virtual, não cancelaria meu encontro de sexta com Matt. Além do mais, ainda morria de curiosidade de conhecê-lo pessoalmente, e não ia passar. Ao avaliar a situação, achei que não estaria fazendo nada de errado, afinal, éramos amigos. E mesmo que em algum momento tivéssemos trocado frases e palavras que poderiam fazer referência a outro tipo de interesse entre nós, a verdade é que, pelo menos de minha parte, esse interesse deixou de existir depois de meu último encontro com Alex.

No dia seguinte, no intervalo, contei tudo a Irene sobre minha noite. Ela ficou feliz por mim, e adorava o fato de que Daniel e Alex eram melhores amigos. Isso nos dava infinitas possibilidades para sair e planejar viagens juntas e essas coisas.

Aproveitei os dez minutos restantes do intervalo para lhe contar, dessa vez sim, tudo sobre minha amizade virtual com Matt.

— Por isso estava com dúvidas sobre quem convidar? — perguntou ela com um tom de censura.

Baixei o olhar.

O que se seguiu foi o sermão mais previsível do mundo. Perguntou como eu podia ter certeza de que a pessoa que mandava as mensagens era mesmo um garoto de dezoito anos que se chamava Matt, e se sabia o risco que implicava ter aceitado conhecê-lo pessoalmente.

— Sabia que o mundo está cheio de psicopatas? — acrescentou.

A coisa piorou quando falei de minhas intenções de honrar o compromisso.

— Para que ir conhecer esse cara? — perguntou ela.
— Acho que Alex não vai ver muita graça nesse seu encontro com um desconhecido.
— Alex e eu não estamos namorando, ele não tem do que não gostar.
— E se fosse o contrário, se ele fosse se encontrar com uma garota? Você ia gostar?

Não vou negar que senti náuseas só de imaginar.

— Isso não importa — respondi. — Minhas intenções com Matt não são nada do que você imagina. Ele é uma boa pessoa e não quero dar cano assim, sem nenhuma explicação.

— Não precisa dar cano, pode mandar uma mensagem e se desculpar.

Irene tinha razão. E talvez ela, que sabia ser tão fria, pudesse fazer isso com um pé nas costas. Mas eu não; eu ficava angustiada de pensar em dar mancada com alguém com quem havia conversado sobre mil coisas nos últimos meses. Matt não era uma pessoa qualquer, tinha conquistado minha amizade e não merecia ser tratado sem consideração.

— Vou me encontrar com ele só para dizer que não podemos continuar conversando.

— Pois a única coisa que posso dizer é: tomara que Alex não fique sabendo.

CAPÍTULO 24

Ele

Passei a tarde toda pensando em qual seria a melhor maneira de cancelar o encontro com Fabiola sem que ela me levasse a mal. Tentei analisar de todos os pontos de vista possíveis, e não encontrei uma razão boa o suficiente para fazer isso com Elizabeth. E embora morresse de curiosidade de conhecer a pessoa por trás das mensagens, queria deixar claro que nossas conversas tinham que acabar.

No fim, decidi que a melhor maneira de fazer isso seria pessoalmente.

Naquela mesma sexta-feira, no meio da manhã, mandei uma mensagem para confirmar o encontro.

> 💬 Pronta para hoje à tarde?   11:23

Eu teria gostado se ela cancelasse com uma desculpa qualquer. Tipo que o cachorro dela morreu, que pegou catapora. Ou algo menos trágico, por exemplo, que ela foi passar as férias na Europa e se esqueceu de me avisar.

Nada disso.

FABIOLA: ☺ Claro! À tarde nos vemos. **11:24**

Senti como um soco no estômago só de pensar que um dia teria que conversar sobre isso com Elizabeth. Claro que o melhor seria falar depois, quando tudo estivesse terminado.

Estava indo ao Plaza Arboleda, mas precisei voltar para casa para pegar o boné dos Dodgers de Los Angeles, pois havíamos combinado que eu o usaria para que ela me reconhecesse. Esse pequeno contratempo me fez chegar não mais que dez minutos atrasado.

Fui na direção da praça de alimentação. Parei brevemente na loja de motocicletas para perguntar se já haviam contratado alguém, pois não tivera notícias deles. O encarregado disse que ainda não tinham decidido, mas que a resposta chegaria logo.

Então, aceitei minha realidade e me preparei para o inevitável. Foi ao me aproximar que tive uma surpresa. Senti uma leve pontada no peito e meu estômago revirar.

Quais eram as probabilidades de que na mesma tarde, à mesma hora, Elizabeth estivesse no mesmo lugar onde eu havia marcado de encontrar Fabiola?

Que sorte a minha, pensei, e logo tentei pensar em como reagiria se ela me visse. Meu primeiro instinto foi tirar o boné da cabeça, para evitar que Fabiola aparecesse e me reconhecesse. Mas isso não era suficiente. Eu tinha que inventar alguma coisa. Mas o quê?

Logo me dei conta de que não precisaria inventar nada.

Ao observar Elizabeth a distância, notei que ela estava com um livro nas mãos. Foi nesse instante que comecei a suar frio e a sentir o sangue "fugir" de minha cabeça. Tentei analisar a situação repetidamente, recordando todas as mensagens que trocamos e as conversas que tivemos. Apesar disso, eu jamais teria imaginado, nem em minha maior fantasia, que Elizabeth e Fabiola eram a mesma pessoa.

Logo percebi algo que me fez voltar a pensar em tudo. Se ambas eram a mesma pessoa, então o irmão de Irene tinha razão e Elizabeth só estava brincando comigo. Por que outra razão teria me convidado para a festa de fim de ano da escola se pretendia, no dia seguinte, encontrar-se com alguém com quem flertava por mensagens?

Lutei contra minha infinita vontade de me aproximar para confrontá-la e fui embora dali antes que ela me visse.

CAPÍTULO 25

Ela

Fiquei esperando Matt por mais de duas horas e ele não apareceu. Mandei várias mensagens, mas também não tive sorte. Foi meio difícil tentar entender que poderia ter acontecido alguma coisa. Fiquei pensando em diversos cenários possíveis, desde que ele podia ter sofrido um acidente antes de chegar até que me viu de longe e me achou uma bruaca e fugiu apavorado.

Escrevi para Irene para contar o que havia acontecido. Assim que recebeu minha mensagem, ela respondeu avisando que estaria lá em dez minutos. Quando chegou, estava com um *chai latte* do Starbucks, meu favorito. Sentou-se do outro lado da mesinha e me fitou com olhos de cachorrinho para adoção em uma vitrine de pet shop.

— Veja pelo lado bom: pelo menos não precisa contar nada disso a Alex. Simplesmente bloqueie o número desse tosco e pronto, esqueça ele para sempre.

Concordei.

— Você teve sorte. Talvez o psicopata quisesse assassinar você a facadas e, como viu gente em volta, achou melhor deixar para depois.

Ri, mas não de alegria. Não posso negar que a ausência de Matt me provocou tristeza. E não porque sentia algo por ele, mas porque, na verdade, pensei que havíamos criado uma boa amizade.

— Talvez tenha acontecido mesmo alguma coisa e por isso ele não veio. Por isso também não responde às mensagens — disse eu.

— Por mim, pode ter sido atropelado por um trem, dá na mesma.

Não havia jeito de fazê-la pensar diferente, portanto, decidi mudar de assunto. Terminamos o chá e fomos dar uma volta. Quando passamos pela loja de motos, pedi a Irene que esperasse um instante.

— Vai comprar uma moto? — perguntou ela, e franziu a testa.

Como vi que a placa oferecendo a vaga ainda estava lá, aproveitei para perguntar ao encarregado se já haviam contratado alguém.

— Há alguns interessados, mas ainda não tomamos uma decisão. Se quiser, posso agendar um horário para você fazer entrevista com o gerente.

— Não, muito obrigado — respondi. — Não é para mim, é meu namorado quem está interessado.

— Ah, então diga a seu namorado para ficar esperto, porque há muitos candidatos. Há poucas horas veio um garoto perguntar a mesma coisa.

— Há poucas horas?

— Duas, para ser exato.

Por um segundo, senti uma angústia ao pensar que Alex teria estado por ali à mesma hora que eu estava esperando Matt.

— Vamos, Eli — disse Irene, entrando na loja.

— Obrigada, moço — disse eu.

— De nada, mocinha.

Já no Uber, Irene me falou de sua ideia de nós quatro contratarmos uma limusine para ir ao baile.

— Sei que é brega, mas acho que seria divertido. O que você acha?

Assenti. Na verdade, estava sem ânimo.

— Diga a Alex que a parte dele é mil pesos.

— Direi.

Naquele mesmo dia, já em casa, mandei uma última mensagem a Matt.

> Olá, Matt. ☺ Quero pensar que você não apareceu porque teve algum contratempo. Tomara que esteja tudo bem. Na verdade, eu havia planejado aproveitar nosso encontro para lhe contar uma coisa importante. Conheci um garoto e estou fascinada. 😁 O nome dele é Alex. É inteligente, doce e muito bonito. Além disso, tem um senso de humor daqueles que nos faz sorrir mesmo quando estamos desanimados. Como você pode imaginar, não podemos continuar conversando. Você é um ótimo garoto e tenho certeza de que não vai demorar a encontrar alguém que o faça sentir o mesmo que Alex me faz sentir. Tenha uma vida linda, Matt. Você merece. **21:24**

CAPÍTULO 26

Ele

Recebi várias mensagens... dela. Não tive vontade de ver nada, então desliguei o celular e o guardei na gaveta de minha escrivaninha. Saí de casa para arejar a cabeça. Estava com o sangue quente e a cabeça confusa com todo tipo de sentimentos. Raiva, mas também tristeza, indignação, ciúme (pois pensei na possibilidade de que tudo isso fosse planejado por ela e o tal de Ricky) e, o pior de tudo, vontade de vingança. Afinal, se tudo havia sido uma brincadeira, me vingar estava na ordem do dia.

Fui ao único lugar do mundo inteiro que me faz fugir da realidade: o Grayskull. Àquela hora só as bandas principiantes subiam ao palco e, na verdade, não eram muito boas. Era isso, ou talvez fosse meu humor que, na realidade, conseguia fazer que tudo à minha volta fosse insuportável. E o pior de tudo é que eu não tinha ninguém em quem confiar para contar o que estava sentindo. Bem, Daniel, claro, mas me refiro a alguém que soubesse dessas coisas.

Na falta de minha confidente mais recente, Fabiola, fui à casa de Daniel. Quando ele me viu entrar em seu quarto, perguntou como ficaram os outros; obviamente queria dizer que minha cara estava tão mal que parecia que eu havia levado uma surra.

Contei-lhe o que aconteceu. Mas foi duro, não é fácil mostrar aos outros como somos tolos. Era isso que eu era; pelo menos era o que achava naquele momento.

— Não sei o que dizer — foi a primeira coisa em que Daniel pensou.

Ele estava confuso, tentando encontrar sentido naquilo tudo.

— A única coisa com que não concordo é que aquele tal de Ricky tenha algo a ver com isso. Porque se tem uma coisa que noto cada vez que vou à casa de Irene, é que ela e o irmão não se dão muito bem. Também não se dão mal, claro, mas não a ponto de ele e a melhor amiga dela elaborarem um plano maquiavélico para zoar você.

— Então, por que ela me enganou desse jeito?

— Estou igual a você, irmão. Não tenho ideia do que pode passar pela cabeça de alguém para fazer uma coisa dessas.

Daniel ficou pensativo por um momento e em seguida perguntou:

— O que pretende fazer?

— Estou pensando em dar trela e ir ao baile.

— E se o Ricky aparecer?

— Quebro a cara dele.

Daniel caiu na gargalhada.

— Disso não duvido, cara. Mas me refiro a ela. Se a coisa for como disse e você descobrir que é tudo uma brincadeira, está preparado para aceitar a realidade?

— É melhor saber que continuar na ignorância.

— Tem razão. Então, se vamos juntos, você tem que entrar com mil pesos para a limusine.
— O quê?
— Não me olhe assim, foi ideia de sua... Elizabeth.

No dia seguinte, liguei para ela para combinar sobre o baile. Nada de mensagens, nem abri o aplicativo. Não estava com humor para ler nada da identidade alternativa dela.

Elizabeth me explicou que eu precisava ir de smoking, de modo que tive que alugar, pois nunca na vida havia precisado de um. Nem no casamento de minha tia. Gastei minhas últimas economias com o smoking e a maldita limusine; isso sim doeu. Se eu não conseguisse o emprego na loja de motos, o verão seria bem complicado.

CAPÍTULO 27

Ela

Quando Alex chegou, eu ainda não estava pronta. Mamãe o mandou entrar e papai o recebeu na sala. Claro, foi tudo planejado com artimanha; mamãe ficou vigiando para que papai pudesse ficar um pouco a sós com ele. Eu soube porque ela me confessou depois. Mas, naquele momento, eu não sabia sobre o que Alex e papai conversaram, só soube que trocaram um aperto de mãos no fim, segundos antes de eu descer.

Dizem que qualquer pessoa tem capacidade de mentir ou enganar com palavras. Mas com os olhos é diferente; os olhos sempre revelam a verdade. Quando cruzei com os de Alex no momento em que ele foi me receber no último degrau da escada, soube que minha presença havia causado impacto nele. Talvez ele também, se prestou atenção, tenha notado o mesmo nos meus. Ele estava tão bonito, com uma aparência elegante com aquele smoking, e o cabelo perfeitamente arrumado. Tinha uns vinte centímetros a mais que meu pai, detalhe que fazia sua presença se destacar ainda mais. Literalmente, fiquei sem fôlego por meio segundo.

Papai me deu um abraço e se despediu de mim como se eu estivesse indo morar fora por um ano.

— Amo muito você, minha menina. Curta a noite.

A seguir, dirigiu-se a Alex.

— Lembre-se do que combinamos.

Alex assentiu.

Obviamente, a primeira coisa que fiz ao atravessar a porta foi lhe perguntar do que estavam falando.

— Nada, é coisa entre mim e ele — disse ele, sério.

Não tive tempo de insistir, pois Irene e Daniel já estavam na limusine nos esperando. Irene estava com a cabeça para fora do teto solar, animando a festa.

Quando entramos no carro, Daniel nos ofereceu um *shot* de tequila.

— A noite é uma criança! — gritou.

— Para mim não, obrigado — disse Alex, e o passou para mim.

Eu não sabia bem se queria ou não beber, até que Irene virou um na minha frente para me ajudar a decidir.

— Um só não é nada — disse ela.

— Agora não — recusei. — Mas talvez depois eu me anime e beba um só.

Quando chegamos, já havia gente dançando na pista e o ambiente estava animado. Irene levou Daniel imediatamente para a pista, e ele a seguiu sem questionar. Olhei para Alex para tentar adivinhar se queria segui-los, mas ele desviou o olhar.

— Se não se importa, prefiro sentar um pouco — respondeu.

— Claro.

As mesas não tinham reserva, bastava escolher um lugar e pronto. Foi o que fizemos.

Ficamos ali um bom tempo. Em silêncio. Tentei puxar conversa duas ou três vezes, mas Alex ficava me cortando. Algo estava errado, era bem óbvio.

Eu me inclinei e ergui a voz para que ele me ouvisse apesar da música.

— Aconteceu alguma coisa?

— Do que está falando? — Li em seus lábios.

— De você — respondi. — Está muito sério. Aconteceu alguma coisa?

Por um momento, pensei que ele fosse responder; vi isso em seu rosto. Mas Alex negou com a cabeça.

— Quer dançar? — perguntei, de novo falando no ouvido dele e levantando a voz.

— Vá você, não estou muito a fim.

Senti minha testa se franzir.

— Sabe... você pode dizer o que quiser, viu?

— Eu sei.

Ele foi tão cortante que achei melhor ir para a pista para não me contagiar com seu mau humor.

— Se você se animar, estarei lá.

Ele ficou à mesa, sozinho. Cheguei à pista e fui dançar ao lado de Irene. Quando me viu sozinha, ela perguntou por Alex e eu apontei para a mesa, a alguns metros.

— O que ele tem?

— Não faço ideia.

Irene deu de ombros e continuou mostrando seus melhores passos.

CAPÍTULO 28

Ele

Eu sabia que meu mau humor não estava ajudando, mas não conseguia disfarçar. Precisava confrontá-la para que me dissesse a verdade, que admitisse que estava brincando comigo. À mesa, fiquei observando-a, tentando ler suas expressões para comprovar que minhas suspeitas estavam certas. Mas ela parecia tão inocente, e estava tão linda, que por um momento me fez duvidar e pensar que tudo que havia acontecido podia ter sido uma enorme coincidência.

Então, eu me levantei e fui em direção a ela. Entrei na pista e abri caminho. Peguei-a pela mão e lhe disse:

— Preciso falar com você.

Ela olhou fixamente nos meus olhos e eu me senti desarmado.

Aceitou de cara, e eu a guiei para fora da pista.

Chegamos à mesa, onde tentei começar a desabafar, mas os decibéis do ambiente não permitiram.

— Quer ir lá fora? — perguntou ela.

Achei uma boa ideia. Assim fizemos. Fomos até o estacionamento.

— Vai me dizer o que você tem? — insistiu ela.

Fitei-a por alguns segundos.

— Eu sei de tudo — disse.

Ela me olhou como se eu estivesse falando francês.

— Pode parar de fingir, Elizabeth. Eu sei de tudo.

— De que está falando?

Peguei meu celular para lhe mostrar nossas conversas.

— O que é isso?

Então, eu lhe mostrei as conversas registradas com o nome de Fabiola.

A surpresa dela foi tanta que arrancou o celular de minha mão e começou a ler as mensagens.

— Por que você tem isto aqui? — perguntou. — De onde tirou isto?

Ela parecia tão surpresa que por um segundo tive certeza de que não estava fingindo.

— É você quem escreve como Fabiola?

Elizabeth ficou gelada.

— De onde você tirou isso? — insistiu ela, depois de recuperar a fala.

— Responda à minha pergunta. Você é Fabiola?

— Sim — respondeu ela, e baixou o olhar.

— Era tudo uma brincadeira? — perguntei.

Ela ergueu o rosto e me fitou.

— Que brincadeira?

Uma voz nos interrompeu.

— O melhor é que não precisei entrar para tirar você de lá.

Voltei-me e dei de cara com Ricky. Não estava sozinho: contei sete sujeitos além dele.

— Já entendi por que você queria conversar aqui fora.

— O quê? — Elizabeth me olhou surpresa. — Não sei do que está falando.

— Pode parar de mentir, você já conseguiu o que queria — insisti.

— Ora, cheguei no meio de uma discussão? — perguntou Ricky.

— O que está fazendo aqui? — perguntou Elizabeth a Ricky, irritada.

— Vim me vingar pelo que esse filho da mãe fez comigo.

Ricky se aproximou, com sua comitiva atrás.

Elizabeth se interpôs.

— Por favor, Ricky! Vá embora daqui!

— Não vou a lugar nenhum. Não até que ele me pague. E com juros. O que ele fez não foi pouca coisa.

— Pois se quiser fazer alguma coisa com ele, vai ter que passar por cima de mim primeiro.

Ela falou com tanta convicção que pôs em dúvida toda a minha teoria da conspiração.

— Não dê uma de mártir, Elizabeth. Esta é sua oportunidade de largar esse babaca de uma vez. Entendo que queira se divertir um pouco e mostrar a suas amigas que é toda rebelde, mas já deu.

— Você é um coitado e um idiota, sabia? — zombou ela.

— Veja quem fala!

— Já deu, babaca — disse eu. — Quer brigar? Venha, estou esperando.

— Alex, não! Deixe pra lá, vamos para dentro.

Elizabeth me puxou pela mão.

Eu a detive.

— Diga-me uma coisa: você sabia que ele estaria aqui?

Elizabeth franziu a testa.
— Por que acha isso? Claro que não! Os olhos nunca mentem.

CAPÍTULO 29

Ela

Ele apertou minha mão e sorriu.

— Por favor, Alex — pedi. — Vamos entrar.

— Não se preocupe — disse ele, e se voltou de frente para Ricky e seus amigos. — É mano a mano, certo?

Alex o afrontou. Ricky o fitou e sorriu, mas não respondeu.

— Qual é, Ricky?! Parece hesitante — Alex deu um passo à frente. — Só você e eu, não é?

Ricky deu um passo para trás e seus amigos, como se houvessem combinado, um à frente.

— Nossa, que covarde! — disse Alex.

Então, ouviram um grito que provinha da porta do salão.

— Ei, não vão começar a festa sem mim, não é?

Daniel vinha em nossa direção enquanto tirava o paletó.

Ricky soltou uma gargalhada.

— Dois coelhos com uma cajadada só. Legal!

Irene foi atrás dele.

— O que está fazendo aqui, Ricardo? Vá embora, senão vou ligar para nossos pais — ameaçou ela, pegando seu celular.

— Você sabe que nossos pais estão fora — disse Ricky, confiante. — O que vão fazer?

Daniel ficou ao lado de Alex.

— Ricardo, deixe de bobagem e suma daqui. Estou falando sério — insistiu Irene.

Estava furiosa.

— Você não manda em mim. Não importa que seja minha irmã, daqui não saio até me vingar destes dois idiotas.

Alex tirou o paletó e arregaçou as mangas.

— Oito contra dois — disse ele. — Poderíamos dizer que vamos levar a pior, mas acho que não.

Daniel olhou o relógio.

— Se quer mesmo se vingar, vamos te dar uma chance. Quer brigar com Alex? Acho que Alex está mais que disposto. Mas se tentar meter seus amiguinhos no meio, aí sim a coisa vai ficar séria.

Alex olhou para Daniel e logo se entenderam.

Ricky gargalhou de novo, mas, dessa vez, foi um riso forçado demais.

— Você não está em condições de ditar regras, babaca. O bicho vai pegar, sim, e não há nada que vocês possam fazer para evitar.

Ricky deu um passo à frente. Seus amigos fizeram o mesmo.

Irene e eu reagimos ao mesmo tempo e cada uma ficou na frente de seu garoto. Alex me afastou de lado com delicadeza. Daniel fez o mesmo com Irene.

Então, justo quando estava para acontecer o que parecia inevitável, ouvimos uma picape entrar no estacionamento cantando pneus.

— Pensei que você não ia chegar — disse Daniel, olhando o relógio.

A picape atravessou o estacionamento a toda velocidade, até que freou a poucos metros de nós. Cinco brutamontes pularam da caçamba. Do banco do passageiro desceu outro, ainda maior. Eu o reconheci de imediato.

— O que está rolando, cara? — perguntou Thor.

Ricky e seus amigos imediatamente ficaram paralisados.

Alex olhou para Daniel com estranheza. Daniel só sorriu. Thor se aproximou e deu um abraço em cada um.

Não estou exagerando: o pessoal que estava com Thor parecia ter acabado de sair de um presídio de segurança máxima. Tinham cara de mercenários. Imediatamente cercaram Ricky e seus amigos, impedindo-os de escapar.

A cena era tão impressionante que chamou a atenção de todos dentro do ginásio e, quando percebemos, metade já estava ali fora.

Eu não podia acreditar no que meus olhos viam.

— Olá, princesa — Thor sorriu, pegou minha mão e a beijou.

— Olá, Thor — sorri.

Percebi que Ricky ficou gelado, com os olhos arregalados do tamanho de duas maçãs.

— Não se preocupem, mocinhas — disse Thor a Ricky e seus amigos. — Não viemos matar ninguém, se é o que estão pensando. Só viemos garantir uma luta justa. Quem é o bom, Alex?

Alex se aproximou de Ricky.

— Legal! Vamos dançar? — disse Thor, e fechou os punhos.

Ricky estava mais pálido que uma folha de papel.

— Se me tocarem, vou ligar para meus pais — Ricky pegou o celular.

Irene se aproximou.

— Você sabe que nossos pais estão fora. O que vão fazer?

Ricky olhou para ela, mas não disse nada.

— Que foi, camarada? — Thor não conseguia segurar o riso. — Amarelou?

— Não quero problemas. Estou disposto a esquecer o que aconteceu. Morreu aqui — gaguejou Ricky.

— Nisso você tem razão, louro. Alguém vai morrer aqui.

Thor se aproximou e quase encostou o rosto no de Ricky.

Não sei se os outros perceberam, mas, nesse momento, Ricky fez xixi nas calças.

— Deixe pra lá, Thor. Não vale a pena.

— Vocês têm vinte segundos para sumir daqui — disse Thor, erguendo a voz.

Não haviam se passado nem cinco segundos e Ricky e seus amigos já tinham desaparecido.

CAPÍTULO 30

Ele

— Como você soube que... — perguntei a Daniel.

Ele disse que Irene havia escutado, à tarde, os planos do irmão.

— Ela me contou quando chegamos à casa de Elizabeth, quando você entrou para buscá-la. Não encontrei uma oportunidade para te contar, mas tomei algumas precauções.

— Obrigado, Irene. Sei que não deve ter sido fácil — disse eu.

— Mais fácil do que você imagina — sorriu. — Ricky é meio... complicado.

— Acha que com oito contra dois tínhamos alguma chance? — perguntou Daniel.

— Não tenho dúvidas de que teríamos levado uma bela surra — respondi.

— Concordo — riu.

Thor e sua gente se despediram.

— O que for, quando for e onde for, Alex — disse antes de entrar na picape.

— Igualmente, irmão.

Ao ver que o espetáculo havia acabado, os curiosos voltaram ao ginásio.

— Vejo vocês lá dentro? — perguntou Daniel, e saiu com Irene de mãos dadas.

— Claro.

Então, Elizabeth e eu ficamos sozinhos no estacionamento. Ela fitou meus olhos atentamente, como se estivesse lendo minhas pupilas. Por um momento, eu não soube o que pensar, se ela estava brava ou não, ou o que passava por sua cabeça. Então, ela perguntou:

— Matt?

Assenti. Não tive coragem de sustentar seu olhar. Elizabeth sorriu.

— Por que... do que está rindo? — perguntei.

— Você sabe qual é a probabilidade de que uma coisa dessas aconteça?

— Não faço ideia — respondi.

— Acho que a mesma de encontrar nossa alma gêmea. Quase nula.

— Você estava lá, no Plaza Arboleda. Foi se encontrar com...

— Você estava lá também. Senão, como saberia? — perguntou ela.

— Eu fui para te dizer... para dizer a Fabiola que não poderíamos mais continuar conversando.

— Por quê?

— Porque... porque eu estou apaixonado por outra pessoa.

— Eu fui fazer o mesmo — cravou os olhos em mim.
— Naquele mesmo dia, mandei uma mensagem para você... para Matt. Pelo que vejo, você não a leu.

Peguei meu celular e encontrei a mensagem. Elizabeth não estava mentindo.

— Por que me disse que se chamava Fabiola?
— Pela mesma razão que você me disse que se chamava Matt — sorriu.
— OK, tem razão. Por que está achando tudo isso engraçado?
— Não estou achando engraçado; estou feliz.
— Por quê?
— Porque as duas únicas pessoas na vida que me tiraram o sono são a mesma. Tem que ter muita sorte para que isso aconteça! Também porque agora conheço um lado seu que não sabia que conhecia, e gosto dele. Muito. E porque tudo isso só confirma que me apaixonei pela pessoa certa.

Demorei alguns segundos para perceber que tudo que ela havia acabado de dizer descrevia exatamente como eu me sentia. Então, também deixei escapar um sorriso.

— Vamos entrar? — perguntei, pegando sua mão.
— Antes, preciso fazer uma coisa que quero fazer há semanas.

Eu ia perguntar o que era quando ela se inclinou e me deu o mais doce dos beijos.

— Que coincidência — disse eu. — Eu precisava fazer a mesma coisa, cabeça de ovo.

E ambos rimos ao recordar como tudo começou... com uma mensagem para o número errado.

LEIA TAMBÉM:

mil beijos de garoto
Tillie Cole

Quando, aos dezessete anos, Rune Kristiansen retorna da Noruega para o lugar onde passou a infância – a cidade americana de Blossom Grove, na Geórgia –, ele só tem uma coisa em mente: reencontrar Poppy Litchfield, a garota que era sua cara-metade e que tinha prometido esperar fielmente por seu retorno. E ele quer descobrir por que, nos dois anos em que esteve fora, ela o deletou de sua vida sem dar nenhuma explicação.

Este romance, finalista do Goodreads Choice Awards 2016 e fenômeno do Tik Tok, marca a estreia da adorada escritora Tillie Cole na ficção young adult. É também seu primeiro livro publicado no Brasil.

"Faça épico", costuma dizer Kate Sedgwick quando quer estimular alguém a dar o melhor de si. Nascida numa família-problema, com direito a mortes e abandono, a garota de dezenove anos sempre quis fazer a diferença. Em vez de passar os dias lamentando seus infortúnios, como tantos fariam em seu lugar, sempre vê as coisas pelo lado positivo – não é por outro motivo que Gus, seu melhor amigo, a chama de Raio de Sol.

E é por isso que, quando entra na faculdade e se muda da ensolarada San Diego, na Califórnia, para a fria cidade de Grant, em Minnesota, ela leva consigo apenas boas lembranças.

O que ela não espera é ser surpreendida pelo amor – único aspecto da vida em relação ao qual nunca quis ser otimista – ao conhecer Keller Banks, um rapaz que corresponde aos seus sentimentos. Acontece que tanto ele quanto ela têm um segredo.

E segredos, às vezes, podem mudar tudo.

• FABI SANTINA •

VOCÊ *acredita* MESMO *em* AMOR *à primeira* VISTA?

Planeta

Quando nos deparamos com o amor pela primeira vez, podemos perder as estruturas, fazer loucuras, viver com mais intensidade e até acabar nos esquecendo de nós mesmos. Não que amar não seja bom, mas é que não vem com manual de instrução, nos deixa perdidos, sem saber como agir e anestesiados. O amor, por si só, deveria bastar! Mas nem sempre é assim.

Somos seres humanos, queremos mais, criamos expectativas e sonhamos longe. Então vem a vida e nos ensina a viver um dia de cada vez...

Levei muitos tombos, engoli alguns (muitos) sapos e passei por poucas e boas. Quem nunca, não é mesmo? Mas uma lição eu aprendi: é impossível amar o outro se você não aprendeu a amar a si mesmo. Este livro é sobre o amor verdadeiro, mas também sobre o amor que devemos aprender a nos dar, mesmo que não seja à primeira vista.

Você acredita mesmo em amor à primeira vista?

erin watt

PRINCESA DE PAPEL

SÉRIE THE ROYALS – LIVRO I

1º lugar na lista de mais vendidos do New York Times

Ella Harper é uma sobrevivente. Nunca conheceu o pai e passou a vida mudando de cidade com a mãe, uma mulher instável e problemática, acreditando que em algum momento as duas conseguiriam sair do sufoco. Mas agora a mãe morreu, e Ella está sozinha.

É quando Callum Royal, amigo do pai, aparece prometendo tirá-la da pobreza. A oferta é bastante tentadora: uma boa mesada, uma promessa de herança, uma nova vida na mansão dos Royal, onde passará a conviver com os cinco filhos de Callum.

Ao chegar ao novo lar, Ella descobre que cada garoto Royal é mais atraente que o outro – e que todos a odeiam com todas as forças. Especialmente Reed, o mais sedutor, e também aquele capaz de baixar na escola o "decreto Royal" – basta uma palavra dele e a vida social da garota estará estilhaçada pelos próximos anos.

Reed não a quer ali. Ele diz que ela não pertence ao mundo dos Royal.

E ele pode estar certo.